Kate Calloway
Dritter Grad

D1932821

Kate Calloway

Dritter Grad

Offensive Krimi

aus dem amerikanischen Englisch
von Elisabeth Brock

Frauenoffensive

1. Auflage, 1998
© Naiad Press, 1997
Originaltitel: 3rd Degree
© deutsche Übersetzung: Verlag Frauenoffensive
(Metzstr. 14, 81667 München)

ISBN 3-88104-304-7

Druck: Clausen & Bosse, Leck
Umschlaggestaltung: Erasmi & Stein, München

Dies Buch ist gedruckt aus chlorfrei gebleichtem Zellstoff.

Die Personen

Cassidy James	Privatdetektivin
Martha	ihre beste Freundin
Tom Booker	Sheriff
Rosie Booker	seine Frau
Tommy Green	Tankwart
Lizzie Thompson	Barbesitzerin
Sadie Long	Herausgeberin der Lokalzeitung
Gloria Baron	Stadträtin
Susie Popps	Immobilienmaklerin
Ned Brand und Pete Sisson	Freizeitparkbetreiber
Mack McKenzie	Bürgermeister
Lila McKenzie	Hausfrau
Tank McKenzie	beider Sohn
Erica Trinidad	Schriftstellerin
Maggie Carradine	Therapeutin
Gammon und Panic	Cassidys Katzen

1

Das mühsame Schnaufen hinter mir zeigte, daß sie mich einholten. Ich gab der Mustangstute die Sporen und trieb sie auf den Zaun zu. Wenn sie den vor den anderen übersprang, hatte ich noch eine Chance. Aber ich traute dem Pferd nicht. Es war jung, erst zwei Jahre alt, und hatte eine deutliche Neigung zum Bocken. Nicht nur das, es war ungehorsam und halb wild. Aber es hatte Spaß am Rennen.

Ich kickte noch einmal, und sie legte drohend die Ohren zurück. Der Zaun war etwa zwanzig Meter entfernt, und als ich mich auf den Sprung konzentrierte, strafften sich ihre Muskeln unter dem Sattel. Ich hörte, wie Sheriff Booker fluchend sein Pferd antrieb. Einen spannenden Augenblick lang genoß ich das Vorgefühl eines perfekten Sprungs. Doch dann erschlafften irgendwie in letzter Sekunde die Muskeln, ich flog durch die Luft und über den Zaun, ohne das Pferd.

Ich schlug hart auf den Boden und rollte ab. Instinktiv schützte ich meinen Kopf vor den Hufen von Bookers Pferd, das hinter mir über den Zaun donnerte. Das war knapp.

„Alles in Ordnung?" fragte Booker, brachte seinen Appaloosa zum Stehen und kam im Bogen zurück, dorthin wo ich ausgestreckt auf der Erde lag. Ich sah, wie sein Schnurrbart zuckte und er um ein ernstes Gesicht rang.

„Alles bestens, danke." Ich rappelte mich hoch und zuckte zusammen. Gebrochen war nichts, nur mein Hinterteil war vermutlich im Begriff, sich blaugrün zu verfärben.

„Eine Sekunde lang glaubte ich wirklich, sie täte es", sagte Booker und wehrte sich nicht mehr gegen das aufsteigende Grinsen. „Ich habe es Ihnen gesagt, dieses Pferd ist eine wilde Hummel."

Ich ging zum Zaun, hakte das Tor auf und schlüpfte auf die andere Seite. Die Stute stand unschuldig da und mampfte ein Maulvoll Gras; ihre teuflischen Augen beobachteten mich mit gespielter Teilnahmslosigkeit. Ich war versucht, ihr eine zu scheuern.

Ich führte das Pferd durch das Tor und zog mich mühsam in den Sattel, wobei ich bereits die Prellungen spürte. Ich beugte mich vor und tätschelte den Pferdehals. Booker, der nun hemmungslos und lauthals lachte, ignorierte ich. Sein Pferd keuchte noch immer, während meines kaum ins Schwitzen geraten war.

„Ich kenne eine, die sich heute abend in die heiße Wanne legt", sagte er lachend. „Den Geschmack des eiskalten Schlucks habe ich schon auf der Zunge." Ich schuldete ihm wohl einen Kasten Bier.

Andererseits hatte niemand etwas von einem Sprung über den Zaun gesagt, dachte ich. Er war drüber gegangen, und ich war durchgegangen. Naja, eigentlich war ich auch drüber gegangen. Nur mein Pferd hatte sich entschlossen, durch das Tor zu gehen. Bis zum Ziel war es noch fast einen Kilometer, und nur weil er meinte, das Wettrennen bereits gewonnen zu haben, mußte ich diese Meinung nicht teilen. Ich rieb mir stöhnend den Nacken.

„Wirklich alles in Ordnung?" fragte er und führte den

Appaloosa an meine Seite. Sein Grinsen war verschwunden. Besser noch, er stand Richtung Zaun, weg von der Ziellinie.

„He! Schauen Sie sich das an!" Ich zeigte zum Wald. Booker wandte sich um, und in dem Moment gab ich meinem Pferd die Sporen und stieß meinen besten Indianerschrei aus. Es reagierte wunderbar, wir flogen an Booker vorbei und ließen ihn in einer Staubwolke zurück.

Begleitet vom wilden Gebrüll und Jubel unserer Freunde ging ich gut fünf Pferdelängen vor ihm über die Ziellinie. Booker ritt fluchend und lachend durchs Ziel.

„Cassidy James, Sie sind eine lausige Betrügerin!" sagte er und tätschelte seinem armen Pferd den verschwitzten Nacken. Booker war fast so sehr außer Atem wie sein Pferd. Er hatte die ganze Strecke hinter mir her geschrien und geflucht. Ich selbst bekam kaum Luft, weil ich so schrecklich lachte. Die Stute war anscheinend die einzige, der das Wettrennen nichts ausgemacht hatte.

„Sieht aus, als schuldeten Sie Cass einen Kasten Bier, Sheriff", sagte Jess Martin, als er mir gratulierte. Er trug Levis und Stiefel wie wir alle. Sein langes braunes Haar war zu einem Pferdeschwanz gebunden und sein Bart wie immer stoppelige zwei Tage alt.

Die kleine Jessie kam hinter ihm hergerannt. Sie war eine Miniaturausgabe ihres Vaters, nur ohne Bart. „Ich habe mein ganzes Geld auf dich gesetzt, Cass!" rief sie und schwang sich auf den Zaun. „Dr. Carradine schuldet mir zehn Mäuse!" Sie war erst elf, aber ihr Bankkonto sah besser aus als das ihres Vaters.

„Du hast gegen mich gewettet?" fragte ich Maggie Carradine. Sie sah ziemlich verdattert aus, aber verdammt attraktiv, dachte ich.

„Ich habe gegen das Tier gewettet!“ sagte sie. Ich hatte Maggie mal überredet, die Stute zu reiten, und kaum hatte sie im Sattel gesessen, war sie schon abgeworfen worden.

„Ich nehme an, auch Sie haben gegen mich gewettet?“ fragte ich Bookers Frau Rosie.

Sie war eine Mischung aus spanischem und aztekischem Blut, daher stammten ihre Bronzehaut und die kühn strahlenden Augen. Sie lächelte entschuldigend. „Nur einen Dollar“, sagte sie. „Ich wette nie gegen Tom.“

Booker sprang von seinem Appaloosa und legte den Arm um seine Frau. Sie waren beide Mitte fünfzig und ein auffallendes Paar. Sein Silberhaar und die strahlend blauen Augen standen in scharfem Kontrast zu ihren dunklen südländischen Zügen.

Booker führte uns zur Terasse zurück, erzählte, wie ich ihn ausgetrickst hatte, und schilderte genüßlich, wie ich wie ein Kartoffelsack über den Zaun geflogen war. Als wir schließlich um den Tisch saßen, herrschte allgemeines Gelächter. Rosie brachte Platten mit ihren unanständig köstlichen, mit Münsterkäse gefüllten Empanadas, und in der nächsten halben Stunde wurde das allseitige Geplänkel von genüßlichem Stöhnen untermalt. Das war nur der Anfang einer langen Reihe mexikanischer Köstlichkeiten, und ich versuchte, mich zu mäßigen. Es wäre doch schade, wenn ich zu vollgestopft war, um später Tamales und *carne asada* zu essen.

„Komm mit“, sagte ich zu Maggie und schob meinen Stuhl zurück. „Wir gehen spazieren. Vielleicht können wir ein paar Kalorien abarbeiten, damit Rosies Tamales Platz haben.“ Wir entschuldigten uns bei den anderen und machten uns auf den Weg zum See.

Bookers Ranch lag am Rand von Cedar Hills und war

per Schiff und Auto zu erreichen. Vom Vorgarten aus überblickte man ein üppig bewachsenes, von hohen Zedern und Douglasfichten gesäumtes Tal. Der rückwärtige Garten lag an einem der letzten verstecktesten Ausläufer des Rainbow Lake. Ich wohnte etwa eine Meile entfernt in einer anderen Bucht. Da es bei mir keine Straßenanbindung gab, hatte ich Maggie mit dem Boot hergebracht.

Maggie und ich befanden uns in einem schwierigen Stadium, irgendwo zwischen Liebschaft und Freundschaft. Alle versuchten, uns ins Liebesstadium zurückzuhelfen, auch Rosie und Booker, die uns immer wieder zu sich einluden, aber Maggie blieb standhaft. Nicht wir waren das Problem. Es war Erica Trinidad.

Vom ersten Augenblick unserer Begegnung an hatten Maggie und ich uns gut verstanden. Sie hatte alles, was ich mir von einer Frau wünschte – sie war klug, sexy, humorvoll und warmherzig. Sie stand mit beiden Beinen im Leben, was normalerweise ein Riesenvorteil ist. Aber die ihr eigene „Klarheit" war es, die unser Verhältnis nun trübte. Denn wie sehr ich mich auch bemühte, sie vom Gegenteil zu überzeugen, Maggie sah mich immer noch in Erica verliebt.

„Ich weiß, was ich will", hatte ich ihr mehr als einmal gesagt. „Ich will dich."

„Sicher", antwortete sie dann mit ihrer abgeklärten Psychotherapeutinnenstimme, die mich rasend machte. „Aber du willst auch Erica Trinidad. Es steht dir in den Augen geschrieben, Cass. Ich sehe es, auch wenn du es nicht siehst."

„Scheiße!" Im Zustand der Verwirrung neige ich zu ordinären Ausdrücken.

„Ich habe es dir bereits gesagt", pflegte sie ruhig fortzufahren. „Ich stehe nicht auf Märtyrertum, aber auf Sadomasochismus auch nicht. Ich will nur sicher sein. Wenn du dich wirklich für mich entschieden hast, möchte ich nicht, daß du es dir wieder anders überlegst."

Einer der Nachteile, mit einer Therapeutin liiert zu sein, besteht darin, daß die gern tun, als wüßten sie mehr über dich als du selbst. Es ist auch schwer, einen Streit zu gewinnen. Selbst wenn du ein unschlagbares Argument gebracht hast, nicken sie nur und lächeln, als hätten sie nur darauf gewartet, daß du genau das sagst, was du dir eben mühsam abgerungen hast. Was Maggie davor bewahrte, unerträglich zu sein, war ihr guter Kern. Und daß sie ihre laserstrahlscharfen Einsichten ebenso auf sich richtete wie auf mich.

Als wir den Kiesweg zum See und zu den Pferdeställen hinuntergingen, legte ich den Arm um ihre Taille. Wir waren etwa gleich groß, nur daß Maggie überall sanft gerundet war, während ich eine eher muskulöse Figur habe. Nicht daß sie unsportlich war. Maggie liebte Risikosportarten. Sie kletterte auf Berge, sprang aus Flugzeugen und tauchte. Letzten Monat hatte sie mich zum Bungeespringen überreden wollen. Jetzt, als wir die wundervolle Landschaft von Oregon in uns aufnahmen, lehnte sie sich an mich.

„Wie groß ist dieses Grundstück eigentlich?"

„Sicher an die zehn Hektar", antwortete ich. „Aber im Winter liegt etwa ein Drittel davon unter Wasser. Deshalb haben sie das Haus auf Stelzen gebaut. Letzten Winter bin ich dem Boot bis zu ihrer Haustür gefahren."

Ich führte sie um das letzte Gatter herum, wo eine große rotbraune Stute ihre Nase ins Heu steckte, während ein dünnbeiniges Fohlen zufrieden an ihr nuckelte. In der nächsten Box stand die Mustangstute. Sie hatte sich, typisch für sie, nachdem sie von Marcos, dem Stallburschen, gestriegelt worden war, im Dreck gewälzt. Als sie mich sah, schnaubte sie drohend, bäumte sich auf und wieherte. Entweder freute sie sich schrecklich, mich zu sehen, oder sie ließ mich wissen, was sie vom Zaunspringen hielt.

Maggie lachte über diese Mätzchen.

„Du brauchst sie nicht noch zu ermutigen." Ich sah mich um, ob Marcos in Sicht war. Wir schienen mit dem aufsässigen Pferd allein zu sein. Ich zog Maggie an mich und strich mit den Fingern durch ihre dunklen Locken. Nach kurzem Zögern fiel sie mir in die Arme, und wir küßten uns leidenschaftlich. Plötzlich war hinter uns ein Geräusch, wir lösten uns voneinander und sahen Jessie den Weg herunterrennen.

„Verdammt", murmelte Maggie.

„Cassidy! Komm schnell!" Jessie war außer Atem. „Rosie sagt, jemand will dich am Telefon sprechen."

Ich sah Maggie an und zuckte die Schultern. Wer wußte denn, wo ich war? Meine beste Freundin Martha war eingeladen gewesen, aber seit man sie zum Detective der Kings Harbour Police Force befördert hatte, machte sie Überstunden, um zu beweisen, daß sie die richtige Wahl gewesen war. Alle anderen Menschen, die mir wichtig waren, befanden sich hier, Erica Trinidad ausgenommen. Und daß der Anruf von ihr kam, bezweifelte ich.

Erica wohnte im Haus ihres Onkels am See, keine fünf Minuten von mir entfernt, war mir aber den ganzen Sommer aus dem Weg gegangen. Genauer gesagt, hatte ich sie zweimal gesehen, seit sie wieder in Cedar Hills aufgetaucht war, offensichtlich in der Annahme, ich hätte wie ein treuer Hund auf sie gewartet. Als ich ihr mitteilte, daß ich mit einer anderen liiert war, schien sie ehrlich niedergeschmettert.

Nicht, daß sie mir leid getan hätte. Sie hatte sich in Südkalifornien mit irgendeiner berühmten Filmemacherin amüsiert, während ich neun Monate auf ihre Rückkehr wartete. Leider gehört Geduld nicht zu meinen Stärken.

„Komm schon! Rosie sagt, es klingt wie ein Notfall!"

Maggie und ich rannten hinter ihr her, und als wir ins Haus kamen, ging Rosie mit großen Schritten in der Küche auf und ab.

„Sie hat aufgelegt", sagte sie. „Sie wollte ihren Namen nicht nennen. Sagte, sie würde in zehn Minuten wieder anrufen. Aber die Stimme kam mir bekannt vor, Cass."

„Nicht Martha", sagte ich beunruhigt.

„Nein. Ihre Stimme hätte ich erkannt. Außerdem hätte sie mir ihren Namen genannt."

Ein paar Minuten später klingelte das Telefon, und ich schnappte mir den Hörer. „Cassidy James."

„Cassie. Gottseidank. Ich muß dich sofort treffen." Die Stimme klang angespannt, schwankend zwischen Angst und Wut. Obwohl ich sie noch nie so durcheinander gehört hatte, erkannte ich Lizzie Thompsons Stimme sofort.

„Wo bist du?" fragte ich. Maggie und Rosie beobachteten mich mit hochgezogenen Augenbrauen.

„Zu Hause. Bitte sag niemand etwas, Cass. Ich weiß, daß alle auf Bookers Party sind. Es ist eine sehr persönliche Angelegenheit. Laß dir irgendwas als Entschuldigung einfallen, verabschiede dich und komm rüber." Bevor ich antworten konnte, war die Leitung tot.

„Nun?" fragte Rosie, die Hände in die Hüften gestemmt, die dunklen Augen besorgt.

„Eine Klientin", sagte ich. „Sie hat mich um Vertraulichkeit gebeten. Tut mir leid, ich muß mich daran halten."

Ich joggte los Richtung Anlegestelle, und Maggie lief an meiner Seite.

„Es ist keine Geschichte, bei der eine Waffe gebraucht wird, oder?" fragte sie.

„Ich weiß noch gar nichts", sagte ich. Bei meinem letzten Fall hatte ich uns beide in Lebensgefahr gebracht. Verständlich, daß Maggie ein wenig nervös war.

„Nur eine Frage noch, Cass."

Ich sprang in mein blaues offenes Boot, während sie die Leinen löste.

„Es hat doch nichts mit Erica Trinidad zu tun?"

Ich sah in ihre wunderbaren grünen Augen und lächelte beruhigend. „Ganz bestimmt nicht."

Doch als ich ablegte, konnte ich nicht leugnen, daß mein Herz beim Gedanken, der Anruf könnte von Erica sein, heftig geklopft hatte.

2

Es war kurz vor fünf, als ich am Hafen anlegte, und weil Sonntag war, hatten sich die meisten Wochenendbesucher bereits wieder auf den Weg in die Stadt gemacht. Ein paar Einheimische fischten vom Pier aus, und eine Familie hatte ihre Decken auf der Wiese ausgebreitet. Ich konnte die Hamburger riechen, die auf dem Grill bruzzelten. Die Menschen genossen den Rest des Sommers.

Ich war noch nie in Lizzie Thompsons Haus gewesen, aber ich wußte, wo sie wohnte. Ich hatte die Angewohnheit, oft durch die Straßen von Cedar Hill zu spazieren, deshalb kannte ich fast alle Häuser. Lizzie verbrachte die meiste Zeit in der Logger's Tavern, die ihr gehörte. Für eine beliebte Wirtin, die auf die Gäste zuging, lebte sie sehr zurückgezogen. Sie gehörte zu den Menschen, die den Lebensgeschichten anderer Leute zuhören, ohne viel von der eigenen preiszugeben. Oft hatte ich den Verdacht, daß sie mit einer Frauenbar glücklicher wäre, aber das war reine Spekulation. Sie war über vierzig, alt genug, zu wissen, was sie wollte. Sie wußte, wie ein paar andere in der Stadt auch, daß ich lesbisch bin, und hin und wieder hatte ich den Eindruck, daß sie mir Avancen machte, aber ich war bemüht, alles abzublocken, was über Freundschaft hinausging. Es gab im Augenblick genug Frauen in meinem Leben, mehr war ich nicht gewachsen.

Ich bog in die Main Street ein und ging Richtung Osprey Lane. Von dort waren es nur wenige Schritte bis zur Third Street, Lizzies Haus lag ungefähr in der Mitte auf der linken Seite. Als ich an die Tür klopfte, bemerkte ich eine Bewegung hinter den Wohnzimmervorhängen, gleich darauf wurde die Tür einen Spalt geöffnet.

Sie sagte kein Wort, winkte mich nur herein und schloß die Tür hinter mir ab. In meinem Leben habe ich noch nie einen Menschen so verändert gesehen. Die selbstbewußte und energische Lizzie schlurfte daher, als hätte sie eine Überdosis Thorazin geschluckt. Am meisten alarmierten mich ihre Augen. Ihr Blick war wild und voller Angst.

„Lizzie, was ist passiert?" fragte ich und folgte ihr in die Küche.

Sie ließ sich auf einen Stuhl fallen, legte den Kopf in die Hände und fing an zu schluchzen. Ich legte ihr die Hand auf die Schulter. Schließlich ließ das Schluchzen nach, ich holte mir einen Stuhl und setzte mich ihr gegenüber.

„Danke, daß du gekommen bist", sagte sie, wischte sich das Gesicht mit dem Ärmel, schneuzte sich in ein bereits durchweichtes Küchenpapier und versuchte zu lächeln. Es war herzzerreißend.

„Bitte, Lizzie. Was ist passiert."

„Du mußt jemanden finden" sagte sie schließlich und sah mich starr an. In ihren Augen lag wilde Entschlossenheit, und ich fragte mich, ob sie nun vollkommen ausgerastet war.

„Jemanden finden?"

„Ich beauftrage dich, den Mann zu finden, der..." Ihr Mund verzog sich vor Wut, als sie nach Worten suchte.

„Der was?" fragte ich so sanft wie möglich.

„Ich weiß nicht, wie ich es nennen soll!" Sie befand sich am Rand der Hysterie. Ihre Augen waren rot gerändert und glasig. Ihre Angst war fast zu riechen.

„Ich weiß nicht, wie ich es erklären soll", sagte sie leise. „Ich weiß nicht mal genau, was vorgefallen ist."

Lizzie war normalerweise stark und unerschütterlich. Ich konnte mir nicht vorstellen, was sie so aus der Fassung gebracht hatte. „Bist du verletzt worden?" fragte ich schließlich.

Sie warf mir einen zornigen Blick zu, als hätte ich eine Frage gestellt, auf die es keine korrekte Antwort gab. Mit viel gutem Zureden brachte ich sie schließlich soweit, mir die Geschichte zu erzählen.

Lizzie war gegen zwei Uhr vom Einkaufen zurückgekommen. Sie trug eben die letzten Tüten in die Küche, als sie hinter sich ein Geräusch hörte. Erschrocken drehte sie sich um und sah, wie eine Art Stock durch die Luft sauste, geschwungen von einem Mann mit einer Skimaske. Sie ließ die Tüten fallen und wollte den Angreifer abwehren.

Lizzie war eine starke Frau, die eine körperliche Auseinandersetzung nicht fürchtete. Aber ihr erster Schwinger wurde mit dem verheerenden Schock eines elektrischen Schlags erwidert, der durch ihren Körper schoß und sie, zu einem Häufchen gekrümmt, auf den Boden warf. Als sie wieder zu sich kam, lag sie mit dem Gesicht nach unten, Arme ausgestreckt, Beine gespreizt, nackt auf dem Teppich ihres Schlafzimmers. Ihre Hände und Füße waren am Bettgestell und an der Kommode festgebunden, in ihrem Mund steckte irgendein Lappen. „Ich habe erst später gemerkt", sagte sie, und ihr kräftiges Kinn zitterte dabei, „daß er mich mit meiner eigenen Unterwäsche geknebelt hatte."

Mir sträubten sich die Nackenhaare, und mein Magen fing an zu rebellieren.

„Er hatte meine Hand- und Fußgelenke mit Strümpfen festgebunden, so daß ich mich nicht bewegen konnte. Am meisten hat mir Angst gemacht, daß er mir nicht die Augen verbunden hat. Im Kino werden die Opfer, denen die Augen nicht verbunden werden, am Ende immer umgebracht."

„Erzähl weiter", ermutigte ich sie und versuchte, geduldig zu klingen.

„Ich glaube, er wollte, daß ich ihn sehe", fuhr sie fort. „Natürlich hatte er eine Maske über den Kopf gezogen, damit ich sein Gesicht nicht sehen konnte, aber er stolzierte vor mir auf und ab, als wollte er angeben."

„Was hat er getan?“ platzte ich heraus. Die Geschichte trieb mich zum Wahnsinn.

„Nichts!“ jammerte sie. „Mir zumindest nicht. Aber er hat meine Schränke durchwühlt und einen Gürtel genommen. Dann fing er an, auf mein Kissen einzudreschen. Wirklich fest. Ich wartete immer auf einen Schlag, aber der kam nicht.“ Erst nach ein paar Minuten konnte sie fortfahren. „Cassidy, ich kann dir sagen, ich habe mich schon als tote Frau gesehen. Ich dachte, er würde mich vergewaltigen und dann umbringen. Warum sonst hatte er mich nackt ausgezogen und die Augen nicht verbunden? Ich zerrte an den Strümpfen und versuchte mich zu befreien. Ich habe eine geladene Achtunddreißiger unter dem Bett.“

Ich nickte und begriff langsam die Intensität der Angst, die sie ausgestanden haben mußte. In ihren Augen las ich, daß die Angst nicht verschwunden war, nur weil der Mann weg war.

„Als er schließlich aufhörte, auf das Kissen einzuschlagen, summte er. Erst war ich mir nicht sicher, aber er summte tatsächlich vor sich hin. Als wäre er glücklich. Ganz entspannt. Als gehörte er in mein Haus.“

„Was hat er getan?“ fragte ich noch einmal vorsichtig.

„Ich weiß es nicht!“ Sie klang völlig gebrochen. „Er hat sich einfach häuslich eingerichtet!“

„Wie bitte?“ Ich hatte große Mühe zu folgen.

„Er hat die Musik angedreht. Er hat ein Bad genommen. Er machte sich ein Sandwich mit den Sachen, die ich eben eingekauft hatte. Er legte sich auf mein Bett und aß das Sandwich. Er holte sich Chips. Ich konnte ihn sehen und hören. Ich konnte ihn riechen. Ich konnte nur nicht aufstehen und ihn töten!“

„Hat er dich verletzt?" Mein Magen hatte sich wieder beruhigt. Er war zu einem Stück Stahl geworden. Als hätte ich eine Bowlingkugel verschluckt.

Lizzie schüttelte den Kopf, Tränen liefen ihr über die Wangen. „Ich bekam einen Arm fast frei, aber an meine Pistole kam ich nicht heran. Auch so war ich bereit, ihn umzubringen, wenn er mich angerührt hätte. Und wenn ich dabei draufgegangen wäre. Aber er interessierte sich anscheinend nicht auf diese Weise für mich. Es war, als würde er ein verrücktes Spiel ausleben, und ich wäre sein Publikum."

Ein gefesseltes Publikum, dachte ich, ersparte Lizzie aber die naheliegende Erkenntnis. Sie ließ ihren Tränen endlich freien Lauf, und ich griff nach ihrer Hand und hielt sie fest. Das war sicher nicht ausreichend, aber mehr fiel mir nicht ein. Als sie schließlich ihre Hand zurückzog, stand ich auf und ging zum Barschrank, in der Hoffnung, einen starken Drink zu finden. Für eine Wirtin war ihre Auswahl ziemlich kläglich. Ich entschied mich für einen alten Cherry Brandy, goß uns je einen Kognakschwenker halb voll und sah zu, wie Lizzie dankbar schluckte.

„Ich muß dir ein paar Fragen stellen."

Sie nickte und wischte sich die Tränen ab. Ihr Gefühlsausbruch schien ihr plötzlich peinlich zu sein.

„Hast du einen Verdacht, wer es war?"

Sie schüttelte den Kopf. „Sein Kopf war von der Skimaske ganz bedeckt. Selbst von den Augen waren nur die Pupillen zu sehen. Ich weiß nicht einmal, welche Farbe seine Augen hatten. Und er trug weiße Gummihandschuhe. Ich glaube aber, daß er mich kennt."

„Warum?" Ich machte Notizen auf einem Block, den ich neben dem Telefon gefunden hatte.

„Die Melodie, die er summte. Cass, das war so beängstigend. Er summte mein Lieblingslied. Das von Billy Ray Cyrus über ein schmerzendes Herz. Alle wissen, daß ich das dumme Lied mag. Sie machen sich gern darüber lustig. Ich glaube, wer immer hier war, war auch im Lokal. Ich glaube, er wollte mich wissen lassen, daß ich ihn kenne.“

Ich ließ diese Ungeheuerlichkeit auf mich wirken.

„Ich habe das Gefühl, er hatte das Gefühl, daß ich sein Eigentum bin. Daß ihm mein Haus gehört und alles, was drin ist. Daß er tun kann, was er will. Und weißt du was?“ Sie sah mich mit aufgerissenen Augen an, immer noch wütend, aber auch unendlich traurig. „Er hätte wirklich alles tun können. Er hätte mich auch töten können. Ohne Gegenwehr. Aber er mußte mich nicht verletzen, Cassidy. Er hat mich terrorisiert, und das genügte.“

Erst nach fast zwei Stunden hatte ich das Gefühl, alles erfahren zu haben, was Lizzie mir über den Eindringling sagen konnte.

Ich wußte, daß er einsachtzig groß war und ziemlich stämmig. Ich wußte, daß er nach einem Duftwasser roch, das den darunterliegenden Körpergeruch aber nicht ganz überdeckte. Vielleicht hatte er deshalb ein Bad genommen. Ich wußte, daß er einen grauen Trainingsanzug anhatte und Tennisschuhe – und Gummihandschuhe, vermutlich um keine Fingerabdrücke zu hinterlassen. Und ich wußte, nachdem ich Lizzie eindringlich gefragt hatte, daß er nicht nur das Haus durchwühlt, sondern auch etwas mitgenommen hatte.

„Es ist zu peinlich“ sagte sie nun schon zum drittenmal. „Und das wußte er. Deshalb hat er ihn genommen.“

„Was hat er genommen? Sag es, Lizzie.“

Ich hörte sie fast nicht. Aber ich verstand sie. Der Eindringling hatte Lizzies Vibrator gefunden.

Ich wollte lächeln, bemerkte aber die blanke Angst in ihrem Gesicht. Sie dachte wohl, sie wäre die einzige Frau in Cedar Hills, die einen Vibrator besaß. Es war ihr sichtlich peinlich, daß ich nun davon wußte.

„Er hat ihn eingeschaltet. Deshalb wußte ich, daß er ihn gefunden hatte", sagte sie errötend. „Bevor er ging, kam er zu mir und hielt ihn an seine Lippen, es machte ‚schschsch'. Die Art, wie er es tat, sollte mir drohen. Frag mich nicht, woher ich das weiß, es war einfach so. Es sollte sagen, wenn du es irgend jemand erzählst, komme ich wieder. Dann verschwand er und ließ mich gefesselt liegen. Ich brauchte eine halbe Stunde, um mich zu befreien."

Es war fast dunkel, als Lizzie sich entschuldigte, weil sie dringend unter die Dusche wollte. Ich riet ihr, nicht das gleiche Bad zu benutzen wie der Eindringling, und sie schien erleichtert.

Meinen Vorschlag, zusammen zur Polizei zu gehen, hatte sie rundweg abgelehnt, und ich wußte, daß es sinnlos war, sie weiter zu bedrängen, obwohl die Polizei für den Umgang mit Beweismaterial besser ausgestattet war als ich. Ich mußte sehen, wie ich mit meinen Mitteln zurechtkam. Ich nahm ein paar Plastiktütchen und ging ins Bad.

Wenn der Mann ein Bad genommen hatte, gab es sicher Haare in der Wanne. Leider sah ich gleich das Reinigungsmittel und den Putzschwamm auf dem Bord über dem Waschbecken. Er hatte das Bad gründlich geputzt. War er ein Saubermann, oder wollte er nur keine Spuren hinterlassen?

Mit dem Schraubenzieher meines Schweizer Armeetaschenmessers schraubte ich den Abfluß der Badewanne auf und steckte den Pfropfen aus Haaren und Seifenresten vorsichtig in eine Tüte. Ich hatte nicht die Absicht, Lizzie zu beschämen, indem ich das eklige Zeug vor ihren Augen untersuchte. Ich steckte das Tütchen ein und schraubte den Abfluß wieder fest.

Wenn es einen nassen Fußabdruck auf dem Boden des Badezimmers gegeben hatte, so war dieser längst getrocknet. Es gab keine sichtbaren Fingerabdrücke auf den verchromten Oberflächen und auch sonst keine Spuren. Aber warum war er das Risiko eingegangen, die Badewanne zu benutzen? Hatte er in Maske und Handschuhen gebadet? Und warum überhaupt? Lizzie hatte von einem eigenartigen Körpergeruch berichtet. Hatte er ihre Seife benutzt? Je mehr Fragen ich stellte, desto verrückter erschien die Sache. Ich war jedoch sicher: Daß er ein Bad genommen und sorgfältig darauf geachtet hatte, keine Spuren zu hinterlassen, war irgendwie auch eine Spur.

Ich untersuchte Zimmer für Zimmer und hoffte wider jede Hoffnung, daß der Mann irgend etwas Greifbares hinterlassen hatte. Ich bemerkte an den Staubmustern auf den Regalen, daß er etwas von dem Schnickschnack, der bei Lizzie herumstand, in die Hand genommen hatte. Wegen der Gummihandschuhe war das aber keine Hilfe.

Ich sammelte die Strümpfe ein, die er zum Fesseln benutzt hatte. Sie sahen wie normale Strumpfhosen aus, vielleicht in Übergröße. Ich steckte sie in eine Tüte.

Ich überprüfte die Umgebung des Hintereingangs, und selbst im Dunkeln fand ich schnell die Stelle, wo er auf Lizzie gewartet hatte. Direkt neben der Tür lief links eine einszwanzig hohe Hecke am Haus entlang. Auf dem Streifen Erde zwischen Haus und Hecke konnte jemand sich prima verstecken. Gut, daß die Erde feucht war und damit ideal für Fußabdrücke. Schlecht, daß der Eindringling seine Fußabdrücke verwischt hatte, bevor er ging. Daraus schloß ich, daß der Mann nicht nur schlau, sondern auch gründlich war. Auf der Stufe, die zum überdachten Autostellplatz führte, entdeckte ich eine interessante Sache. Ein Rotkehlchen lag auf dem Stein, sein winziger Hals war durchschnitten. Ein Abschiedsgeschenk? Eine Drohung? Ich bekam eine Gänsehaut.

Lizzie hielt sich lange im Bad auf, und ich hatte genügend Zeit, im Schlafzimmer Ordnung zu schaffen und den Rest der Lebensmittel zu verstauen. Dabei hielt ich nach weiteren Hinweisen Ausschau, glaubte aber selbst nicht daran, welche zu finden.

Lizzie hatte mich immer interessiert, und ihr Haus verblüffte mich. Ihr Geschmack war überraschend feminin. Sie hatte Spitzenvorhänge, und der Bettüberwurf war ein Meer rosaroter Blumen. Zwischen den beiden Kissen hockte ein alter Teddybär mit angenagtem Ohr. Er sah aus, als hätte er ihr durch viele einsame Nächte geholfen. Die Bilder an den Wänden waren billige Sachen aus dem Kaufhaus, und als ich ihre Musiksammlung durchsah, fand ich überwiegend Kassetten mit Westernmusik. Neben dem Bett lag ein fast ausgelesener Liebesroman voller Eselsohren.

Plötzlich empfand ich Schuldgefühle ob meines Eindringens in ihre Privatsphäre, ging in die Küche und wartete dort. Was ihr widerfahren war, hatte mich erschüttert. Irgendwie schien es nun, da ich unter Lizzies rauher Schale eine weichherzige Romantikerin entdeckt hatte, noch schlimmer zu sein.

Ich setzte mich an den Tisch, blickte auf meine Notizen und versuchte, aus dem Ganzen schlau zu werden. Sicher, ich sollte mich auf die Frage konzentrieren, wer es war, aber ich konnte nur an das Warum denken. Warum brach jemand in ein Haus ein, terrorisierte die Bewohnerin, legte sich in ihr Bett, saß in ihrer Badewanne, aß ihr Essen, hörte ihre Musik, summte ihr Lieblingslied, stahl ihren Vibrator und hinterließ einen toten Vogel auf ihrer Treppe, nachdem er mit einem Gürtel auf ihr Kissen eingedroschen hatte? Ich glaubte, ein paar Dinge über kriminelles Denken zu wissen, aber dieser Sache war ich nicht gewachsen, und das wußte ich.

Der Gedanke, daß in Cedar Hills ein Psychopath frei herumlief, machte mich wütend. Cedar Hills war meine Stadt. Lizzie war meine Freundin. Meine Hände ballten sich zu Fäusten.

Ich goß mir noch einen Brandy ein und merkte, daß er eigentlich ganz gut schmeckte.

Als Lizzie schließlich zurückkam, wirkte sie gründlich gereinigt und erschöpft. Sie hatte einen Männerschlafanzug angezogen – ein merkwürdiger Gegensatz zu der verspielten Dekoration –, der ihr phantastisch stand. Dazu trug sie Hausschuhe mit Hundeköpfchen drauf, die mich amüsierten.

„Lach nicht“, sagte sie. „Sie sind ein Geschenk meiner Mutter.“ Doch sie lachte selbst, und ich hoffte, daß das Schlimmste vorbei war.

„Ich kann auf deiner Couch schlafen“, bot ich an.

Sie sah mich ärgerlich an. „Was? Und morgen ziehst du bei mir ein?“ Ihre Stimme klang sarkastisch. „Ich bin nicht behindert, Cass. Ich lebe schon lange allein. In der Bar habe ich einen fünfundvierziger Colt und unter meinem

Bett eine Achtunddreißiger. Glaub mir, der Hund kriegt keine zweite Chance. Ich fürchte mich nicht vor ihm. Ich hätte ihn sogar gern wieder hier."

„Rache kann das, was er getan hat, nicht wiedergutmachen", sagte ich. Aber ich erinnerte mich an meine Gefühle, als rechtsradikale Jugendliche meine Katzen gekidnappt hatten. Wut kann jemanden zu Racheakten treiben. Ich erwähnte den toten Vogel nicht. Sie hatte genug Probleme.

Lizzie lächelte traurig. „Im Moment will ich nichts als schlafen", sagte sie. „Ich bin dir so dankbar, daß du gekommen bist. Jetzt geht es mir schon viel besser. Ich weiß, daß du vielleicht nicht herausfinden kannst, wer es war. Als ich dich anrief, war ich nicht bei Verstand."

„Ich möchte es jedenfalls versuchen", erwiderte ich zu meiner Überraschung. In Wirklichkeit hatte ich meine Zweifel, ob ich überhaupt etwas ausrichten konnte. Vor allen Dingen wollte ich mit Maggie sprechen. Ihre Art, die Dinge zu sehen, half mir, sie einzuordnen.

Ich fuhrwerkte noch ein wenig herum, überprüfte die Türschlösser und Fenster und machte Lizzy sogar noch eine Dose Hühnersuppe warm, bis sie mich schließlich hinauswarf.

„Ruf mich an, wenn du irgend etwas brauchst", sagte ich.

„Mach ich, Cassidy. Geh jetzt heim."

Ich bin eigentlich kein mütterlicher Typ, aber sie sah so verdammt verletzbar aus mit diesen läppischen Hündchenpantoffeln, daß ich mich nicht bremsen konnte. Ich beugte mich zu ihr und küßte sie auf die Stirn. Das hätte ich nicht tun sollen, denn als ich in die kalte dunkle Nacht hinausging, hörte ich sie wieder weinen.

Ich rannte zum Hafen und zitterte nicht so sehr wegen der Kälte als wegen des scheußlichen Gefühls, daß in der Dunkelheit von Cedar Hills etwas Bedrohliches lauerte.

3

Ich erwachte vom sonoren Schnurren Gammons, meiner pummeligen Katze, die auf meinem Bauch lag und ihre Krallen rhythmisch durch die dünne Decke in meine Haut piekte. Panic, ihre schlanke sportliche Schwester, hockte auf dem Kissen und ziepte an meinen Haaren. Das Aufweckteam war in voller Aktion.

Ich zog einen alten blauen Trainingsanzug an und ging ins Bad, wo beide Katzen auf das Schränkchen hüpften, begierig, mir bei der Morgentoilette behilflich zu sein. Sie waren ein auffallendes Paar, halb Bengalen, halb ägyptische Mau. Gammons Fell war karamellfarben bis rötlich, mit brauen Flecken und silbernen Einsprengseln. Auch Panic hatte silberne Einsprengsel, aber ihre Flecken waren fast schwarz. Sie sahen wirklich wie Dschungelwesen aus, aber während Panic in der Tat einen Hang zum Wilden hatte, war Gammon brav wie ein großer alter Hund. Die beiden brachten mich immer zum Lachen, auch in schlimmen Zeiten.

Ich absolvierte meine morgendliche Routine und betrachtete dabei mein Gesicht im Spiegel. Mein zweiunddreißigster Geburtstag nahte, ich entdeckte ein paar graue Haare an den Schläfen, passend zu den Lachfältchen um die Augen. Abgesehen davon sehe ich noch ganz fit aus, dachte ich. Dank der vielen Sonne war mein blondes Haar fast so hell wie in meiner Kinderzeit. Und körperlich war ich in Hochform.

Auf dem Weg in die Küche warf ich einen letzten prüfenden Blick in den Spiegel im Flur. Trotzdem: Mehr als „nett" würde ich niemals aussehen.

Draußen war es bereits warm und sonnig. Ich fütterte die Katzen, ließ sie hinaus und machte mich an die Zubereitung meines Frühstücks. Nachdem ich gestern Rosies Hauptgang verpaßt hatte, war ich jetzt ziemlich hungrig.

Ich schnitt eine braune Zwiebel in Würfel, briet sie in Olivenöl an, warf eine Handvoll kleingeschnittene rote Paprikaschoten, ein paar Pilze und einige Stücke meiner selbstgezogenen Tomaten in die Pfanne. Ich schlug ein Ei schaumig, goß es in die Pfanne und krönte das Ganze mit zerkrümeltem Ziegenkäse. Da waren die Katzen auch schon wieder da und rieben sich an meinen Knöcheln. Das war ihre Art, mir mitzuteilen, daß sie meine Frühstücksversion der ihren vorzogen.

Als das Omelett goldbraun war, schenkte ich mir ein Glas Orangensaft ein und ging auf die vordere Veranda, um mein Frühstück in der Sonne zu genießen, während die Katzen auf dem Rasen herumalberten. Ich ließ meine Gedanken schweifen und hoffte auf einen Geistesblitz. Panic schleppte eine fette Feldmaus an. Das rief mir das tote Rotkehlchen auf Lizzies Hintertreppe ins Gedächtnis, worauf ich eine zweite Tasse Kaffee und mein Notizbuch aus dem Haus holte.

Ich legte zwei Listen an: eine für alles, was ich wußte, und eine für alles, was ich mich fragte. Letztere war bei weitem länger, und nach einer Weile gab ich auf und tat, was ich die ganze Zeit über schon hatte tun wollen. Ich rief Maggie an.

„Wie geht es der Privatdetektivin, die so einmalig sexy ist?" fragte sie, als sie meine Stimme hörte.

„Findest du mich wirklich sexy?" fragte ich hoffnungsvoll. „Eben bin ich zu dem Schluß gekommen, daß ich mein Leben lang nur durchschnittlich nett sein werde."

Sie lachte heiser. „Stimmt, das bist du auch. Ich würde sagen, du bist nett auf sexy Art und Weise."

Wir neckten uns eine Weile, und dann erzählte ich ihr den Fall. Lizzies Namen erwähnte ich nicht, aber sonst fast alles. Sie hörte geduldig zu, und als ich geendet hatte, seufzte sie schwer.

„Nun, was meinst du dazu?" wollte ich wissen.

„Ich glaube, ich befinde mich wirklich in einem echten Dilemma."

„Was willst du damit sagen?"

„Ich will damit sagen, daß ich eine ähnliche Geschichte auch gehört habe. Zweimal sogar. Wegen des Berufsgeheimnisses kann ich nicht mehr sagen."

„Ist das wahr? Willst du sagen, daß eine deiner Klientinnen die gleiche Erfahrung gemacht hat?" fragte ich. Meine Stimme war um ein Dezibel schriller geworden.

„Cass, das ist ein heikles Gebiet. Ich bin verpflichtet, die Angelegenheiten meiner Klientel vertraulich zu handhaben. Das müßtest du doch wissen."

„Stimmt, Maggie. Aber das ist doch unglaublich. Sicher gibt es eine Möglichkeit, mir zu sagen, was du weißt, ohne die Identität der Frauen preiszugeben. Schließlich bin auch ich zur Vertraulichkeit verpflichtet. Das heißt doch nicht, daß ich dir nicht Teile des Falls erzählen kann." Ich wußte, daß ich defensiv klang, aber ich konnte mir nicht helfen. Maggie zog eine selbstgerechte Nummer ab. Es war wie Strip-Poker mit Leuten, die sagen, sie hätten keine Lust, weiterzuspielen, nachdem du bereits in der Unterhose dasitzt.

Ich hörte sie tief ein- und langsam ausatmen. Ich wartete.

„Stell mir keine einzige Frage, weil ich nicht verführt werden will, ein Wort mehr zu sagen als geplant. Verstanden?"

„Verstanden", sagte ich mit klopfendem Herzen.

„Okay. Erstens, ich habe die Geschichte zweimal gehört, von zwei verschiedenen Frauen. Die erste vor fast zwei Jahren. Die Frau, die zu mir kam, war sehr erregt. Sie hatte wochenlang nicht mehr richtig geschlafen. Als ich ihr nahelegte, zur Polizei zu gehen, weigerte sie sich, sagte mir aber nicht warum. Ich bekam sie nur dieses eine Mal zu sehen, dann nicht wieder. Ihre Geschichte war der, die du mir eben erzählt hast, sehr ähnlich, obwohl es scheint, als wäre er vor zwei Jahren noch nicht ganz so frech gewesen. Vielleicht ist er mit der Zeit kühner geworden. Oh, und dann gibt es noch ein paar Unterschiede. Soviel ich weiß, ließ er kein totes Tier zurück, aber vielleicht hat sie es auch nur nicht erwähnt. Der Mann hat außerdem etwas mitgenommen."

Ich hatte Maggie bislang nicht von dem Vibrator erzählt, jetzt tat ich es.

„Ich kann dir nicht sagen, was er ihr weggenommen hat, Cass, also frag nicht, okay? Ich gebe es ungern zu, aber damals dachte ich, die Frau sei möglicherweise wahnhaft oder eine Wichtigtuerin. Als sie wegblieb, meinte ich recht gehabt zu haben. Dann kam letzten Monat eine Frau mit fast der gleichen Geschichte zu mir. Ich kann dir sagen, ich fühlte mich schrecklich, weil ich die Ehrlichkeit der ersten angezweifelt hatte. Ich arbeite immer noch mit dieser zweiten Frau und kann dir nicht mehr sagen, außer daß auch sie sich weigert, zur Polizei zu gehen. Ich hoffe, das hilft dir."

„Hat er der zweiten Frau auch etwas weggenommen?" fragte ich.

„Cass."

„Sag mir wenigstens, ob es ein totes Tier gegeben hat, Maggie. Das ist wichtig."

Stille. Dann ein weiterer tiefer Seufzer.

„Okay, okay", sagte ich. „Ich verstehe, daß du das nicht beantworten kannst. Mein Gott, Maggie. Merkst du nicht, was das bedeutet? Wenn es der gleiche ist, und ich wette jeden Betrag, daß er es ist, dann macht er das schon zwei Jahre oder länger! Warum ist keine zur Polizei gegangen?"

„Bist du da sicher?" Das war eine gute Frage. Lizzie war nicht gegangen, Maggies zwei Klientinnen auch nicht, aber das schloß nicht aus, daß andere es getan hatten. Und es gab andere, da war ich sicher.

„Warum, Maggie?" fragte ich. „Warum tut einer so was? Ich kann einfach keinen Sinn erkennen."

„In einer irrationalen Sache kannst du keinen Sinn erkennen. Wir haben es offensichtlich mit einem sehr gestörten Geist zu tun. Was uns unlogisch erscheint, mag für ihn völlig logisch sein. Vielleicht hat etwas in seinem Leben in ihm den Drang geweckt, in die Wohnungen anderer Leute einzudringen und Macht über sie auszuüben. Möglicherweise weiß er selbst nicht, warum er es tut. Aber eines können wir sicher annehmen. Wenn er es seit zwei Jahren tut, kann er sich wohl nicht mehr bremsen.

Wahrscheinlich steigert er sich, bis er erwischt wird. Ich hoffe nur, daß er erwischt wird, bevor er sich zu sehr steigert. In dem Fall, den du erzählt hast, sehe ich bereits eine Eskalation, verglichen mit meinen beiden. Er wird kühner, und das könnte dem nächsten Opfer gefährlich werden. Die Wut, die er rausläßt, indem er auf das Bett einschlägt, könnte er schließlich auch an dem Opfer auslassen."

Um nicht vom toten Vogel zu sprechen, dachte ich. Maggie hatte mir eben auf ihre Weise mitgeteilt, daß es bei ihrer aktuellen Klientin kein totes Tier gegeben hatte.

Unter Aufbietung meines ganzen Charmes versuchte ich Maggie zu überreden, ihre Klientin befragen zu dürfen, auch anonym am Telefon. Ihre Antwort kam schnell und heftig. Schließlich, nach vielen Rückzugsgefechten, hatte ich sie soweit, daß sie ihre Klientin wenigstens über meine Nachforschungen informieren wollte. Frustriert und verwirrt legte ich auf. Wie sollte ich den Kerl finden, wenn niemand mit mir reden wollte!

Ich konnte nicht einmal in der verdammten Nachbarschaft herumfragen, ob jemand etwas Ungewöhnliches gesehen hatte. Als ich am Abend zuvor Lizzie von dieser Absicht erzählte hatte, war sie außer sich geraten.

„Das kannst du nicht, Cassidy. Man wird deine Fragen mit mir in Verbindung bringen. Und dann weiß die ganze Stadt, daß ich dich angeheuert habe. Wie lange wird es dauern, bis Gerüchte herumschwirren? Ich will, daß niemand erfährt, was passiert ist, basta. Ich will nicht jeden Tag mich fragen müssen, welcher meiner Gäste sich vorstellt, wie ich nackt am Boden liege, welcher Scheißkerl meinen Vibrator auf Touren bringt." Ihre Wangen hatten sich dunkelrot verfärbt.

Ich versuchte sie zu überzeugen, daß sie sich für nichts

zu schämen hatte, aber Lizzie starrte mich nur an, bis ich aufgab. Beschämt, genau, so fühlte sie sich. Unglücklicherweise schränkte das meine Optionen ein.

Jetzt, mitten in der Frustration, begann sich ansatzweise ein Gedanke zu formulieren. Bevor ich den nächsten Schritt tat, mußte ich mit Martha und Booker sprechen. Abgesehen davon, daß Martha bei der Polizei im nur zehn Meilen entfernten Kings Harbor war, war sie meine beste Freundin, und deshalb rief ich sie zuerst an.

„Wer war das?" fragte sie, nachdem ich ihr alles erzählt hatte, ohne Lizzies Namen zu erwähnen.

„Du weißt, daß ich es dir nicht sagen kann, Martha. Es gibt aber noch mehr." Ich konnte ihr auf gar keinen Fall erzählen, daß Maggie das Vertrauen einer Klientin im Ansatz mißbraucht hatte, deshalb wich ich aus. „Ich habe Grund zur Annahme, daß dieser Kerl es bereits seit einiger Zeit so treibt. Seit mindestens zwei Jahren. Ist dir so was vielleicht schon begegnet?"

Martha seufzte. „Nicht daß ich wüßte. Aber das heißt nicht, daß sonst jemand nicht davon gehört haben könnte. Ich muß es überprüfen. Dann melde ich mich wieder. Oh, nicht um das Thema zu wechseln, aber machst du Fortschritte bei meiner Lieblings-Ex-Therapeutin?"

Manchmal kam Martha mir genau so verliebt in Maggie vor wie ich.

„Ich arbeite noch daran", antwortete ich wahrheitsgemäß.

„Nicht nachlassen", sagte sie kichernd. „Früher oder später wirst du sie erobert haben, da bin ich ganz sicher." Sie legte auf, ich hielt den stummen Hörer in der Hand.

Ich wollte eben Booker anrufen, als das Telefon klingelte. Es war Lizzie.

„Hör zu“, sagte sie. „Vergiß alles von gestern abend, okay? Es ist besser, keine schlafenden Hunde zu wecken.“

„Lizzie, was würdest du sagen, wenn du erfährst, daß du nicht die einzige warst, der er das angetan hat?“

„Wie bitte?“ Ich war sicher, daß sie mich gehört hatte.

„Ich meine, was, wenn ich seit gestern abend von zwei weiteren Fällen gehört habe. Ist da nicht zu vermuten, daß es noch mehr solche Fälle gibt?“

„Cassidy James, wenn du jemand davon erzählt hast, bringe ich dich um. Das schwöre ich dir.“

„Nun mal langsam, Lizzie. Ich habe nicht gesagt, daß ich es jemandem erzählt habe. Ich habe dir Vertraulichkeit zugesagt, und daran halte ich mich. Ich bin Privatdetektivin. Ich weiß, wie ich Dinge rauskriege, okay? Glaub mir bitte.“

Das war nicht mal richtig gelogen, dachte ich. Nur leicht geflunkert, aber für eine gute Sache.

„Okay“, sagte sie. „Tut mir leid, daß ich dir beinahe den Kopf abgerissen habe. Willst du damit sagen, daß er so was schon mal getan hat? Bei anderen Frauen?“

„Ich glaube ja. Sie sind offenbar auch nicht zur Polizei gegangen, genau wie du.“

„Aber warum?“

Ich war nicht sicher, ob sie meinte, warum er es getan hatte oder warum die Frauen keine Anzeige erstattet hatten. Ich wagte mich einen Schritt vor. „Er ist krank“, sagte ich. „Und schlau. Irgendwie weiß er, daß sie es sich nicht leisten können, zur Polizei zu gehen. Sie haben Angst, so wie du.“

„Ich habe nie gesagt, daß ich Angst habe, verdammt!“

„Stimmt. Aber du bist auch nicht zur Polizei gegangen. Hör zu, Lizzie. Du bist eine der stärksten Frauen, die ich kenne. Wenn dieses Schwein dich so durcheinanderbringen kann, daß du nicht zur Polizei gehst, kannst du dir vorstellen, was mit anderen Frauen passiert. Ich wette jede Summe, daß es mitten in Cedar Hills Frauen gibt, die sich vor Angst verzehren, weil dieser Irre in ihr Haus kam, sie psychisch mißbrauchte und in Todesangst zurückgelassen hat." Ich ließ ihr Zeit zum Nachdenken und überlegte, ob ich auf der richtigen Spur war.

Lizzies Antwort verschlug mir fast die Sprache. „Du meinst, ich bin nicht die einzige?" Ihre Stimme klang dünn, wie die eines kleinen Mädchens. Es war, als sei dies der Teil meiner Ausführungen, den sie schließlich begriffen hatte.

„Ja, das meine ich."

„Aber warum bist du dir so sicher?"

„Ich bin dabei zu überprüfen, ob der Polizei in Kings Harbor etwas gemeldet wurde, und Sheriff Booker muß ich auch noch fragen."

„Cass, ich habe es dir gesagt. Keine Polizei. Ich will nicht, daß Booker es erfährt. Er ist ein Freund!"

„Ich würde nie deinen Namen erwähnen, Lizzie. Das weißt du. Aber wenn ich den Kerl fangen will, muß ich mit einer reden, die gleiches durchgemacht hat, und bis jetzt weiß ich nicht, welche das ist. Ohne weitere Zeuginnen habe ich einfach nicht genug in der Hand. Außerdem", ich fing an zu lächeln, „will ich den Kerl ein wenig aufrütteln. Damit er aus seinem Versteck kommt."

„Wie meinst du das?"

„Wenn ich recht habe, dann ist er nicht nur schlau, sondern auch ein Angeber. Er konnte lange Zeit Frauen ungestört quälen. Und er denkt, er kann ewig so weitermachen. Niemand hat sich bisher mit ihm angelegt. Ich will, daß er stolpert und ins Schwitzen kommt. Manchmal machen die Leute komische Sachen, es unterlaufen ihnen Fehler, wenn sie ihre Sicherheitszone verlassen."

„Wie? Wie willst du das machen?" Sie klang versteinert.

Ich schluckte schwer, weil ich wußte, daß das, was ich ihr nun sagen wollte, verrückt klang. „Ich will ein Flugblatt rausgeben und die Opfer bitten, sich zu melden." Sie schwieg, also fuhr ich fort: „Lizzy, hör mir zu. Du bist nicht die einzige. Du bist nicht zur Polizei gegangen. Ich nehme an, daß es mehrere gibt, die nicht angezeigt haben. Mit denen will ich sprechen. So einfach ist das. Ohne diese Hilfe kann ich nur warten, bis er es wieder tut. Selbst dann gibt es keine Garantie, daß die Betroffene damit herausrückt. Ich muß um ihre Hilfe bitten."

„Du glaubst, eine meldet sich? Wenn du darum bittest?"

„Die Polizei kann nicht unbedingt Vertraulichkeit garantieren, aber ich. Die Frauen können anonym bleiben, wenn sie wollen. Ich weiß, daß es Frauen gibt, die uns helfen können, aber ich kenne sie nicht. Ich brauche ihre Hilfe. Und wenn ich mich nicht irre, brauchen sie wohl auch meine."

Zu meiner Überraschung fing sie an zu lachen.

„Was ist los?" fragte ich. „Was ist daran so lustig?"

„Vielleicht funktioniert es", antwortete sie. „Aber es ist auch irgendwie ironisch, findest du nicht?"

„Wieso?"

„Nun, du hast eine Art Erpressung vor", sagte sie. Das hörte ich gar nicht gern. „Du erwartest von Frauen, die Opfer geworden sind, daß sie sich aus Schuldgefühl melden. Du sagst, wenn sie das nicht tun, sind sie schuld, wenn noch eine zum Opfer wird. Ich mag dich, Cass, aber manchmal feilschst du allzu heftig."

Ich dachte darüber nach und wußte im Herzen, daß sie recht hatte. Es *war* eine Art Erpressung. Aber hatte ich eine andere Wahl? Abgesehen davon, wenn es mich getroffen hätte, wäre ich froh zu wissen, daß ich nicht die einzige bin. Oder etwa nicht? Aber im Grund konnte ich mir nicht vorstellten, wie ich mich fühlen würde. Es war mir nicht passiert.

„Lizzie, ich tu es nicht, wenn es für dich nicht in Ordnung ist."

„Ich weiß nicht, Cass. Ganz egoistisch habe ich Angst, daß jemand das Flugblatt mit mir in Verbindung bringt. Das könnte ich nicht ertragen."

„Es weiß aber doch niemand, daß ich zu dir gekommen bin", entgegnete ich. „Rosie hat deine Stimme nicht erkannt, und ich habe niemand gesagt, wohin ich ging. Wenn du es niemand erzählst, bleibt gestern abend unter uns beiden."

Es entstand eine lange Pause, die zu unterbrechen ich mich weigerte. Es war ihre Entscheidung. Mehr Druck konnte ich nicht ausüben. Als sie schließlich redete, war ihre Stimme leise und entschlossen.

„Also gut", sagte sie. „Gehen wir an die Arbeit. Je eher die Flugblätter rauskommen, desto besser, finde ich jedenfalls. Ich will die verdammte Sache hinter mich bringen."

Am liebsten hätte ich sie umarmt. Nur eine starke Frau konnte ihre Ängste beiseite schieben, und eben hatte Lizzie Thompson bewiesen, daß sie eine starke Frau war. Ich konnte nur hoffen, daß andere, die von diesem Mann bedrängt worden waren, auch die Stärke fanden, mich anzurufen. Ich wußte nicht, was ich schwerer glauben konnte – daß Maggies beide Klientinnen und Lizzie die einzigen Opfer waren, oder daß es *tatsächlich* noch andere gab, die es fertig gebracht hatten, das Verbrechen geheimzuhalten.

Ich setzte mich an meinen Computer und versuchte, ein gutes Flugblatt zu entwerfen. Es sollte die Aufmerksamkeit der Leute auf sich lenken, aber am meisten wollte ich die Aufmerksamkeit des Eindringlings erregen. Selbst wenn sich keine meldete, geriet er vielleicht in Panik und machte einen Fehler. Eine vager Versuch, das wußte ich, aber besser ein vager Versuch als gar kein Versuch. Schließlich entschied ich mich für folgenden Text:

> IST JEMAND IN IHR HAUS EINGEDRUNGEN?
> Cassidy James, Privatdetektivin, sucht Personen, die etwas über Verbrechen wissen, die hier in Cedar Hills begangen wurden. Wenn jemand in Ihr Haus eingedrungen ist und Sie terrorisiert hat und Sie es aus persönlichen Gründen niemandem mitgeteilt haben, rufen Sie bitte die angegebene Nummer an. Sie brauchen keinen Namen zu nennen. *Ich sichere vollkommene Vertraulichkeit zu.* Helfen Sie mit, daß es nicht noch einmal passiert! *Gemeinsam können und müssen wir ihm Einhalt gebieten!*

Ich schrieb meine Telefonnummer auf den unteren Rand des Flugblatts und speicherte den Text auf der Festplatte, erst dann konnte ich an etwas anderes denken.

4

Ich schaffte es, Panic und Gammon ins Haus zu locken, als ich in die Stadt ging, hatten sie sich auf dem Fenstersims zusammengerollt. Montags war nichts los auf dem See, selbst im August. Der Himmel war tiefblau, strahlend und wolkenlos. Fischadler tauchten nach Fischen, Blaureiher flogen mit schwerem langsamen Flügelschlag die Küste entlang.

Außer meinem war kein anderes Boot auf dem Wasser, und ich hatte wie so oft das Gefühl, in Cedar Hills ein echtes Stück Paradies gefunden zu haben. Aber so sehr ich das Brennen der Sonne auf meinen Schultern und die Gischt im Gesicht genoß, den Gedanken, daß dieses Paradies verseucht war, konnte ich nicht verdrängen.

Der Hafen von Cedar Hills liegt am Zusammenfluß von Rainbow Lake und Rainbow Creek, der etwa eine Meile weiter westlich in den Pazifik mündet. Manchmal, wenn die Flut zurückgeht, ist das Anlegen am Dock schwierig, und so war es heute morgen. Aber das Leben am See macht aus jedem Menschen einen Bootsmenschen, und ich hatte nun bereits über vier Jahre Übung. Ich wählte einen freien Anlegeplatz an der Westseite, machte einen weiten Bogen, nahm den Gang heraus, ließ das Boot an den Steg gleiten und legte fast ohne Rucken an. Nicht schlecht, dachte ich und erinnerte mich an meine Schwierigkeiten, als ich neu hier war. Nach meinem ersten Sommer war der Bug meines Schiffs weiß gestreift, das sichere Zeichen für eine Anfängerin.

Ich sprang aus dem Boot, befestigte die Leinen an den Pollern und trug meine Abfalltüten die Rampe hinauf zu den öffentlichen Containern. Tommy Green stand an der Auffahrt und spritzte seinen kirschroten Mustang ab.

„Morgen, Cass“, sagte er und hielt den Schlauch so, daß er mich nicht einweichte.

„Sieht gut aus, Tommy. Wenn dir langweilig wird, der meine steht da drüben.“ Ich deutete mit dem Kinn auf einen ziemlich staubigen schwarzen Jeep.

Er lachte und kniff seine Augen zusammen, wodurch er noch mehr wie ein Heinzelmännchen aussah. Für mich hatte Tommy etwas von einem Kobold. Nicht nur weil er klein war, auch wegen seiner leicht spitzen Ohren, seines spitzen Kinns und der listigen Augen. Wenn er lächelte, war das Bild komplett. Ich versuchte seine mit frischen Brandnarben überzogenen Arme und Beine nicht anzusehen. Die Narben waren die Folgen einer Explosion, die meiner letzten Klientin gegolten hatte. Tommy war zufällig dazwischengeraten. Die Wunden sahen immer noch schmerzhaft aus, doch sie schienen zu heilen. Tommy beachtete sie jedenfalls nicht.

„Fertig zum Morgenspaziergang?“ fragte er. „Ein wenig spät dran, nicht wahr?“

„Tja“, sagte ich. „Der Morgen ist mir durch die Finger geronnen.“

Ich ließ Tommy stehen und ging zur Stadtbücherei. Sie lag an der Main Street, ein kleiner weißer Bau, eingeklemmt zwischen Zeitungsredaktion und Rainbow-Immobilien. Als ich eintrat, begrüßte mich Mrs. Peters, eine weißhaarige Dame Ende siebzig.

„Cassidy James. Womit kann ich Ihnen heute behilflich sein?“ fragte sie und kam mit vorsichtigen Schritten auf mich zu. Sie trug einen wild geblümten Kittel in Hawaiimuster, der nicht recht zu ihren weißen Strümpfen und den dicksohligen Krankenhausschuhen paßte. Ohne den Kittel wäre Mrs. Peters in einem Meer von Weiß versunken. Selbst ihr Gebiß war perlweiß. Seit sie mir geholfen hat, einen Code zu entschlüsseln, indem sie mir zeigte, wie sich Längen- und Breitengrade finden lassen, hielt Mrs. Peters sich für eine Art Spürnase.

„Heute muß ich leider nur Ihren Kopierer benutzen.“ Ich zeigte ihr das Flugblatt, ihre Augen weiteten sich.

„O je. O du liebe Zeit“, sagte sie und schnalzte mit der Zunge. „Kann ich da etwas tun?“

„Darf ich ein Flugblatt an die Tür kleben?“

Ich wußte, daß sie enttäuscht war, doch einen interessanteren Auftrag hatte ich nicht für sie. Aber sie war begierig, sich nützlich zu machen, nahm mir das Flugblatt aus der Hand und kopierte es für mich.

„Lassen Sie mich nur wissen, wenn ich irgendwie behilflich sein kann“, sagte sie und tätschelte mit staubtrockenen Fingern meine Hand.

Ich bedankte mich und ging, die fünfundzwanzig Kopien unter dem Arm. Auf dem Weg zu McGregor, dem einzigen Lebensmittelladen der Stadt, kam mir ein Gedanke. Ich ging zur Zeitungsredaktion nebenan und klopfte an die angelehnte Tür. „Jemand da?“

Ich hörte Wasser fließen und Rockmusik im Hintergrund. Ich öffnete die Tür und trat in ein kleines Büro voller Kaffeetassen, schmutziger Aschenbecher und Stöße von Büchern und Papieren. Als das Wasser abgedreht wurde, rief ich noch mal.

„Komme sofort!“ ertönte dumpf eine weibliche Stimme. Shady Sadie, wie die Einheimischen sie nannten, war wohl beim Zähneputzen.

Ich hatte selten mit ihr gesprochen, obwohl ich ihr ziemlich oft in der Stadt begegnete. Bei den wenigen Gelegenheiten, sie kennenzulernen, war sie distanziert gewesen und hatte mir den Eindruck vermittelt, sie sei ein Snob. Aber ich hatte sie oft genug mit anderen im Gespräch gesehen, um zu wissen, daß sie sehr liebenswert sein konnte. Sadie gab seit fünf Jahren eine Wochenzeitung heraus und brachte die Einwohnerschaft oft gegen sich auf. Sie war ausgesprochen meinungsfreudig, und ich amüsierte mich oft über ihre witzigen Ausführungen. Politisch eigentlich liberal, war sie stockkonservativ, wenn es um geplante Veränderungen in Cedar Hills ging. Als überzeugte Naturschützerin und Feministin hatte sie schon für manche Irritationen gesorgt. Was sie davor bewahrt hatte, aus der Stadt geekelt zu werden, war wohl die Tatsache, daß sie in ihrem Blatt den unterschiedlichen Standpunkten immer gleich viel Platz einräumte.

„Entschuldigen Sie, ich war gerade beim Putzen“, sagte sie beim Hereinkommen. Sie war Ende dreißig, trug ihr langes braunes Haar zu einem Pferdeschwanz gebunden und hatte dieses frischgewaschene Äußere, das in den frühen siebziger Jahren verbreitet war. Ihre Füße stecken in Birkenstocksandalen, und ihre Levis waren schön verwaschen. Hätte sie ein gebatiktes Hemd getragen, hätte es mich auch nicht überrascht.

„Cassidy James“, sagte sie, trat auf mich zu und schüttelte mir die Hand. „Was bringt Sie in meine bescheidene Hütte?“ Sie verschränkte die Arme vor der Brust, lehnte sich zurück und musterte mich unverhohlen.

Ich fühlte, daß ich rot wurde. Der Gedanke, die berüchtigte Shady Sadie könnte lesbisch sein, war mir nie gekommen. Aber die Art, wie sie mich ansah, machte mich stutzig.

„Vielleicht können Sie mir weiterhelfen", sagte ich und suchte nach den passenden Worten. „Ich wollte eben ein paar Flugblätter in der Stadt aufhängen, da kam mir der Gedanke, daß über die Zeitung noch mehr Leute zu erreichen sind." Ich reichte ihr das Flugblatt und sah, wie sich ihre Augen beim Lesen weiteten.

Als sie aufblickte, waren ihre Wangen gerötet. „Was für ein Eindringling? Was tut er?"

„Irgendein Irrer terrorisiert Frauen, und ich will, daß er damit aufhört."

„Was erwarten Sie von mir?"

„Sie kennen diese Stadt besser als ich. Wie schätzen Sie die Chancen ein, daß sich jemand meldet?"

„Warum glauben Sie, daß es jemanden gibt, der oder die sich melden könnte?"

„Sagen wir mal, ich bin mir ziemlich sicher, daß dieser Kerl seit einiger Zeit in Cedar Hills und womöglich auch in der Umgebung sein Unwesen treibt. Ich glaube, daß es Frauen gibt, die dieses Verbrechen nicht angezeigt haben. An die will ich appellieren."

„Ich weiß nicht recht." Sie ging um den Schreibtisch, setzte sich, knipste ein goldenes Feuerzeug an und sog heftig an einer Filterzigarette. „Wenn eine Frau damals, als es passierte, keine Anzeige gemacht hat, was könnte sie veranlassen, es jetzt zu tun?" Sie blies Rauchringe gegen die Decke.

„Deshalb brauche ich Ihre Hilfe. Wir müssen eine Möglichkeit finden, an ihr Gerechtigkeitsgefühl zu appellieren.

Wer immer solche Sachen macht, hat es nicht nur vorher getan, er wird es wieder tun und zwar so lange, bis wir ihm Einhalt gebieten. Um ihrer selbst willen erstattet eine Frau vielleicht keine Anzeige, sie tut es aber möglicherweise für ihre Tochter oder Nachbarin. Darauf zähle ich."

Sadie blickte mich mit zusammengekniffenen Augen an, und zum zweitenmal an diesem Tag fühlte ich mich ziemlich mies. Lizzie Thompson könnte recht haben, vielleicht übte ich emotionale Erpressung aus. Aber solange niemand eine bessere Idee hatte, blieb mir nichts anderes übrig.

Sadie lehnte sich in ihren Drehstuhl zurück und blies die Rauchringe direkt in meine Richtung. „Warum ist die Polizei nicht an der Sache dran?"

„Weil die Person, die mich angeheuert hat, nichts mit der Polizei zu tun haben will. Und wenn es Menschen gibt, die von Anfang an nicht zur Polizei gehen wollten, werden sie sich auch jetzt nicht melden, wenn die Polizei informiert ist. So haben sie die Möglichkeit, anonym zu helfen."

„Es könnte klappen", sagte sie schließlich. „Zumindest ist es den Versuch wert. Mal sehen, was ich rauskriege. Schauen Sie doch in einer Stunde oder so wieder vorbei. Dann habe ich vielleicht etwas."

Ich hatte eigentlich nicht vorgehabt, sie um einen Artikel zu bitten, aber Gratishilfe würde ich nicht zurückweisen. Ich dankte ihr erleichtert und kündigte mich für den Nachmittag wieder an.

In einer kleinen Stadt wie Cedar Hills fünfundzwanzig Plätze für ein Flugblatt zu finden, war eine Herausforderung. Ich hatte eine Rolle Klebestreifen dabei und die Tasche voller Reißzwecken. Ich fing bei der Bibliothekstür an und arbeitete mich von dort aus quer durch die Stadt, machte an der Post halt und am Mitteilungsbrett von McGregor, an der Kirche und allen drei Bars in der Stadt, einschließlich der von Lizzie, am Eisenwarenladen, jedem Restaurant, dem Pfannkuchenladen und dem Elks-Club, wo Frauen- und Männervereine ihre monatlichen Treffen abhielten. Ich ging zum Cozy Trailer Park und befestigte ein Flugblatt am Mitteilungsbrett des Clubhauses. Eins klebte ich in die Damentoilette am Hafen. Mit neuem Schwung ging ich in die Cedar Hills Lodge und die Bars zurück und befestigte weitere Flugblätter in den Damentoiletten. Vielleicht schrieben die Frauen meine Telefonnummer lieber auf, wenn sie unbeobachtet waren.

Schließlich waren alle Flugblätter untergebracht. Außerdem hatte ich schon wieder Hunger. Manchmal denke ich an einen Bandwurm. Ich wollte in der Lodge einen Happen essen, bevor ich wieder ins Redaktionsbüro ging. In der Lodge gab es die besten Hamburger der Stadt, und irgendwie hatte ich Lust auf einen gewöhnlichen Hamburger.

Es war schon nach Mittag und das Restaurant etwa zur Hälfte besetzt. Ich entschied mich für einen Platz auf der vorderen Terrasse an einem der kleinen Tische mit Blick auf den See. Ich war nicht überrascht, Sheriff Booker mit einer Gruppe Geschäftsleute zu sehen. Er arbeitete sich die Woche über systematisch durch sämtliche Restaurants, die Folgen waren sichtbar. Mit den täglichen Mittagessen und Rosies Küche setzte Booker langsam aber sicher ein Bäuchlein an.

Booker winkte mir zu und rückte seinen Stuhl, um mir Platz zu machen. Eigentlich war mir nicht nach Gesellschaft, leider hatte ich keine höfliche Ausrede parat. Er saß mit Mack McKenzie, dem Bürgermeister von Cedar Hills, und zwei Männern beisammen, die ich zwar nicht kannte, in letzter Zeit aber in der Stadt gesehen hatte.

„Cassidy, Sie kommen gerade recht. Wir brauchen die Meinung einer Frau“, sagte Booker, schob seinen Stuhl zurück und stand auf. Auch die anderen Männer standen auf, und wir gaben uns die Hände.

„Bürgermeister McKenzie kennen Sie natürlich. Das sind Ned Brand und Pete Sisson. Sie wollen einen Freizeitpark in Cedar Hills bauen. Meine Herren, das ist Cassidy James, unsere hiesige Privatdetektivin.“

„Eine Privatdetektivin, na so was. Ich wußte gar nicht, daß auch Frauen das machen“, sagte Brand und setzte sich wieder. Er war groß, kahl und Anfang vierzig. Er hatte eine helle Haut und Augen, denen ich nicht traute. Er trank einen Gibson, pickte eine der kleinen Zwiebeln aus dem Glas, steckte sie in den Mund und grinste dabei wie ein Kind, das seine erste Kaugummiblase geschafft hat. Er hatte ein nettes Lächeln. Wie ein Alligator, dachte ich.

Die anderen lächelten nachsichtig, und ich hätte Booker einen Tritt geben können. Normalerweise hätte er so eine Dummheit mit einer sarkastischen Bemerkung quittiert. Ich begriff nicht, warum er mit diesem Schwein nachsichtig war.

„Was würden Sie von einem der besten Freizeitparks der Westküste hier in Cedar Hills halten?“ fragte Sisson. Er war groß und rund, mit glänzenden rosa Bäckchen und trug einen schmalen Schnurrbart. Er hatte wie Brand wenig Haar, das Wenige stand in kleinen Büscheln über den Ohren ab.

„Ich weiß nicht“, sagte ich. „Braucht Cedar Hills denn einen Freizeitpark?“

„Es wäre sicher ein Segen für die Wirtschaft", sagte Bürgermeister Mack und schlürfte seinen Eistee. Er war Ende fünfzig, muskulös, hatte mittelbraune kurze Haare und blaßblaue Augen. Die Frauen mochten ihn, weil er gut aussah, und die Männer, weil er ruppig und bestimmt auftrat, und so war er seit zehn Jahren ein beliebter Bürgermeister. Er erinnerte mich an Clint Eastwood.

„Wie das?" fragte ich, nur so aus Höflichkeit. Es interessierte mich nicht besonders.

In dem Moment kam Lilly und nahm unsere Bestellungen auf. Alle außer mir schienen auf ihr Gewicht zu achten. Ich hörte schuldbewußt zu, wie sie Kalorienarmes aus der Speisekarte wählten, und mußte mich bemühen, nicht die Nase zu rümpfen. Sogar Booker bestellte Thunfisch auf grünem Salat ohne Mayonnaise und ein Tellerchen Tomatenscheiben. Als Lilly mich ansah, wagte ich meine Bestellung nur zu flüstern.

„Wie bitte?" fragte sie mit einem Schnalzen. Ich hätte sie umbringen können.

„Den Speck-Cheeseburger", sagte ich und warf ihr meinen vernichtendsten Blick zu.

„Hätten Sie gern die welligen Fritten dazu oder die normalen?" fragte sie süß lächelnd.

„Die normalen, danke, Lilly."

„Und zum Trinken?" Ich sah, daß Booker und der Bürgermeister Eistee bestellt hatten, während die beiden großstädtischen Herren schärfere Sachen schluckten.

„Ein Bier", sagte ich bockig.

Booker sah mich so neidvoll an, daß ich meine Bestellung beinahe rückgängig gemacht hätte, aber da war Lilly bereits verschwunden. Nun, es war nicht meine Schuld, daß er ein Bäuchlein bekam. Es war auch nicht meine

Schuld, daß er als Sherriff während des Dienstes keinen Alkohol trinken durfte. Zumindest nicht am Tisch mit dem Bürgermeister. Der war so etwas wie ein Puritaner. Er mied Alkohol, Tabak und fettes Essen. Wie er in Cedar Hills überlebte, war mir schleierhaft. Jedes Restaurant der Stadt hatte irgendeine in Fett gebackene Spezialität auf der Karte. Alle anderen Speisen hätten auch als Infarktteller bezeichnet werden können. Aber Mr. Mack war ein Gesundheitsfreak und sein kraftstrotzendes Äußeres der Beweis.

„Der geplante Freizeitpark“, sagte er nun, „wird mehr Touristen in die Stadt bringen, und das hätte positive Auswirkungen auf jedes Geschäft. Auf den Eisenwarenladen, den Lebensmittelhandel, die Restaurants, die Lodge. Sogar die Bars und Spirituosengeschäfte würden florieren. Bislang ist Cedar Hills das bestgehütete Geheimnis an der Küste Oregons. Der Freizeitpark könnte uns einen Namen machen.“

Während er redete, nickten Brand und Sisson wie aufgezogene Puppen. Es klang, als hätte der Bürgermeister ihre Werbesprüche auswendig gelernt.

„Was sind die Nachteile?“ fragte ich. Immer mußte ich Rumpelstilzchen spielen, ich konnte nicht anders.

Es entstand ein peinlicher Moment der Stille, dann hob Sisson an. „Nachteile gibt es nicht“, sagte er und zwirbelte seinen Schnurrbart. „Alle können nur gewinnen. Die Stadt profitiert und wir auch. Und die Touristen ebenfalls.“

„Und was ist mit den Leuten, die hier leben?“ fragte ich. „Den Leuten, die Cedar Hills mögen, weil es ist, wie es ist? Ein netter ruhiger Flecken am See, umgeben von natürlicher Schönheit? Sie sind vielleicht nicht gerade begeistert, wenn ihr kleines Paradies von Touristenmassen heimgesucht wird. Haben die Bürgerinnen und Bürger ein Mitspracherecht?"

Ich merkte, daß Booker bereute, mich an den Tisch gebeten zu haben. Der Bürgermeister wand sich, und Sissons rosa Gesicht färbte sich rot. Schließlich anwortete der Bürgermeister: „Nun, Cassidy, Sie wissen sicher, daß für Bebauungspläne und kommunale Liegenschaften der Stadtrat zuständig ist. Selbstverständlich gibt es Bürgerversammlungen, bei denen alle die Gelegenheit haben, ihre Bedenken zu äußern. Tatsache ist aber, diese Stadt braucht den Freizeitpark. Sie wissen so gut wie ich oder sollten es zumindest wissen, daß die Geschäfte darniederliegen. Es geht den Leuten nicht gut. Seit langer Zeit zum erstenmal investiert jemand von außerhalb Geld, und das wird unserer maroden Wirtschaft gut tun. Dazu kommt, daß wir nicht nur die Früchte des neuen Freizeitparks ernten werden, denn diese Herren sind bereit, auf einem Drittel des Geländes einen öffentlichen Park zu errichten." Die hellblauen Augen des Bürgermeisters glänzten, und ich merkte, daß ihn diese Aussicht wirklich freute.

„Verstehe", sagte ich und versuchte, weniger kritisch zu klingen. Ich hatte wirklich nicht vorgehabt, ihnen in die Parade zu fahren. Aber sie wollten die Meinung einer Frau hören, und ich hatte, ehrlich gesagt, keine Freude an dem Gedanken, daß mein ruhiges kleines Paradies plötzlich vom Pöbel entdeckt würde. Und wer brauchte zwei Parks? Wir hatten schon einen, und der genügte mir vollkommen.

Ich glaube, wir waren alle erleichtert, als Lilly an unseren Tisch polterte. Sie setzte den anderen ihre steril aussehenden Teller vor und mir meinen dicken Hamburger und die fettigen Fritten. Als sie mir den Teller reichte, war

Bookers neidischer Blick nicht zu übersehen. Ich bot ihm ein paar Fritten an, aber er lehnte ab, mit Augen so traurig wie die eines schmollenden Hündchens.

„Wo liegt denn das Gelände für diesen Freizeitpark?“ fragte ich und biß in meinen saftigen Hamburger.

Booker stocherte mit der Gabel in seinem Thunfisch. „Auf der Nordseite von Pebble Cove. Dort gibt es ein großes Stück Land, das der Stadt gehört und brachliegt. Es hat eine gute Straßenanbindung und liegt nahe genug an der Stadt, daß Leute, die dort campen, bequem zu Fuß reinkommen und einkaufen können, was sie brauchen.“

„Selbstverständlich wird der Freizeitpark sein eigenes kleines Einkaufszentrum haben“, fügte Brand hinzu und verzehrte freudig seinen gemischten Salat. Er hatte sich noch einen Martini bestellt, wie ich bemerkte.

„Es wird einen Waschsalon geben, eine Tankstelle, einen kleinen Lebensmittelmarkt und sogar ein Mini-Kino. Außerdem Wasserskiverleih, Reitangebot und einen Golfplatz. Neben dem Campingplatz mit allen Anschlüssen werden komplette kleine Küchen eingerichtet und ein Ferienhotel mit einem wirklich guten Restaurant.“ Brand und Sisson strahlten um die Wette.

„Ich frage mich nur“, sagte ich und tunkte eine Pomme frite in Ketchup, „warum sich jemand auf den Weg in die Stadt machen soll, wenn draußen doch alles zu kriegen ist. Was haben dann die lokalen Geschäfte von dem Freizeitpark?“

Booker sah mich scharf an und nahm eine Fritte von meinem Teller. Das gebräunte Gesicht des Bürgermeisters wurde noch dunkler.

„Glauben Sie mir“, sagte Brand. „Wenn nur die Leute in die Stadt kommen, hilft das schon. Sicher, sie werden an einem oder zwei Abenden in unserem Restaurant essen, weil das bequem ist. Aber dann werden sie die Lokale in der Stadt ausprobieren. Wie gesagt, alle werden davon profitieren."

Nun hatte ich lange genug die Spielverderberin gemacht. Wenn Booker und Bürgermeister McKenzie von diesen Typen überzeugt waren, was hatte ich da zu kritisieren? Ich schob meinen Teller näher zu Booker, damit er an meine Pommes frites kam, ohne sich Ketchup an den Ärmel zu schmieren. Er griff sich eine stattliche Handvoll und legte sie auf seinen Teller neben den kaum berührten Thunfisch.

„Nun, das klingt durchaus interessant", sagte ich bemüht fröhlich. „Wann soll das alles passieren?"

„Die Papiere sind unterschriftsreif", sagte Sisson und zwirbelte hingebungsvoll die spitzen Enden seines Schnurrbarts. „Wir warten nur noch auf grünes Licht von Ihrem Stadtrat, dann geht's los. Die Pläne sind fertig, und die Baufirmen stehen in den Startlöchern. Wenn die Dinge nach Plan verlaufen, könnte im nächsten Sommer alles in vollem Gang sein."

Ich wußte nicht, rührte der Glanz in seinen Augen von ehrlicher Begeisterung oder vom Alkohol, den er vor und während des Essens konsumiert hatte. Wie auch immer, er schien sich prächtig zu amüsieren.

Ich wurde vom Zwang, noch mehr freundliches Geplauder zu produzieren, erlöst, weil Tank McKenzie, der Sohn des Bürgermeisters, an unseren Tisch kam und seinem Vater etwas ins Ohr flüsterte. Tank muß zum gleichen Frisör gehen, den sein Dad frequentiert, dachte ich beim Anblick des frischen Kurzhaarschnitts. Auch er hatte hellblaue Augen und hellbraunes Haar und war glatt rasiert wie sein Vater. Während der Bürgermeister aber wie Clint Eastwood aussah, war Tank das genaue Gegenteil. Obwohl erst dreißig und vom Körperbau her wie sein Vater, hatte er bereits mit einer Wampe zu kämpfen. Ich sah, wie der Bürgermeister entsetzt den Kopf schüttelte und dann leise etwas erwiderte, das den jungen Mann erröten ließ. Tank wandte sich zum Gehen, und McKenzie entschuldigte sich für die Unterbrechung.

„Tut mir leid, ich muß mich um eine bestimmte Sache kümmern", sagte er und schob seinen Stuhl zurück. „Ich hoffe, die Herren vertreiben sich angenehm die Zeit, bis zur Versammlung heute abend?"

Wir standen alle auf und gaben uns die Hand. Booker murmelte etwas von zurück an die Arbeit, und ich sagte, daß ich mich freute, die Herren kennengelernt zu haben. Um die Wahrheit zu sagen, es war ein ungemütliches Essen gewesen, und auf ein Wiedersehen legte ich keinen Wert. Wir lächelten uns gegenseitig an, und als ich Geld für mein Mittagessen auf den Tisch legen wollte, winkte Sisson ab, als hätte ich ihn beleidigt. Booker begleitete mich zum Parkplatz, wo er seinen Streifenwagen abgestellt hatte.

„Verdammt", sagte er. „Ich habe im Leben noch keine zynischere, engstirnigere Person getroffen."

„Als wen?" fragte ich unschuldig.

„Sie wissen verdammt gut, wen. Ich weiß nicht, warum ich so verrückt war, Sie zu rufen. Ich hätte wissen können, daß Sie die beiden Haie ins Gebet nehmen würden."

„Ha!" sagte ich triumphierend. „Sogar Sie geben zu, daß die beiden Schlangen sind."

„Ich habe von Haien gesprochen. Von Schlangen habe ich kein Wort gesagt."

„Macht nichts. Ich kann nichts dafür, daß ich sie nicht mag. Außerdem haben Sie mich nach meiner Meinung gefragt."

„Ja, stimmt. Trotzdem. Sie hätten taktvoller sein können."

„Wissen Sie, was ich glaube?" Als er nicht reagierte, fuhr ich fort: „Ich glaube, Sie wußten, daß ich sie nicht mögen und ins Gebet nehmen würde, wie Sie es ausdrücken. Ich glaube, das war genau Ihre Absicht, weil Sie es nicht gut selbst tun konnten, ohne den Bürgermeister in schlechtes Licht zu rücken. Ich glaube, Sie haben mir die schmutzige Arbeit zugeschoben."

In Wirklichkeit war mir dieser Gedanke erst beim Reden gekommen, aber nun hatte ich es gesagt, und aus seiner Reaktion merkte ich, daß ich richtig lag.

„Nun, Sie haben wohl ein paar wichtige Punkte angesprochen", sagte er und tat, als würde er sich den Schnäuzer glätten, um sein Grinsen zu verbergen.

„Stimmt, das habe ich. Ihr kleiner Freizeitpark wird nichts anderes bewirken als die Zerstörung von Ruhe und Frieden in unserer Stadt." Ich genierte mich für die Leidenschaft in meiner Stimme.

„Es ist also unsere Stadt? Dabei kann ich mich noch gut an den Tag erinnern, als Sie in diese kleine Stadt hereinschneiten und selbst nichts als eine Touristin waren. Jetzt gehört sie Ihnen, und Sie wollen mit niemandem teilen." Er hatte ein Lächeln aufgesetzt, sonst wären seine Worte verletzend gewesen. „Ehrlich gesagt", fügte er hinzu, „ich neige zu Ihrer Einstellung. Wir brauchen nicht noch mehr Boote und Wasserskifahrer auf dem See. Aber der Bürgermeister sieht das anders. Und ich kann mir vorstellen, daß heute in einer Woche die halbe Stadt es auch so sieht. Besser, Sie gewöhnen sich an den Gedanken, Cassidy."

Na großartig, dachte ich. Dann ging sein Piepser, und weg war er. Na gut. Er würde die Flugblätter noch früh genug selbst entdecken.

5

Als ich in die Redaktion kam, hatte Sadie Long nicht nur ihren Artikel fertig, sondern auch das Titelblatt neu gestaltet, um ihn gut zu plazieren. Sie zeigte mir das Layout, und mir fiel das Kinn herunter.

„Guter Gott", entfuhr es mir. Die Schlagzeile allein genügte, um in der Stadt eine mittlere Panik auszulösen. Meine Reaktion brachte sie zum Lachen.

„Das werden am Mittwoch vielleicht alle sagen", meinte sie. Mittwoch war der Erscheinungstag der *Cedar Hills Press.* Sie gab mir das Blatt, ich las und fragte mich, ob es wirklich eine tolle Idee gewesen war, Sadie aufzusuchen.

IRRER UNTERWEGS!

In Cedar Hills werden Frauen terrorisiert, und niemand schreitet ein! Bis sich letzte Woche Cassidy James, unsere hiesige Privatdetektivin, einschaltete. Sie ist verdammt wütend und wird das nicht länger hinnehmen! Sie wird den Perversling finden und zur Rechenschaft ziehen. Aber sie braucht unsere Hilfe.

> Wenn Sie oder eine, die Sie kennen, von einem maskierten Eindringling bedrängt wurden, sollten Sie sich jetzt melden und helfen, ihm Einhalt zu gebieten, bevor er es wieder tut. Dieser Mann ist krank und kann sich nicht zurückhalten. Aber mit Ihrer Hilfe können wir ihn finden, bevor er noch jemanden terrorisiert.

Dann nannte Sadie meine Telefonnummer und betonte die Garantie der Anonymität. Der Artikel war schrecklich, dachte ich, könnte aber seinen Zweck erfüllen.

Als ich aufblickte, sah mich Sadie erwartungsvoll an. „Nun? Was meinen Sie?"

„Ich meine, daß wir auf dem besten Weg sind, in dieser Stadt einen ziemlichen Aufruhr zu verursachen. Ich hoffe nur, daß es tatsächlich noch andere Frauen gibt. Wenn ich mich irre, verursachen wir umsonst eine Panik."

„Sie irren sich nicht", sagte sie, zündete sich mit ihrem goldenen Feuerzeug eine Zigarette an und zog heftig.

„Wie meinen Sie das?"

Sadie blies den Rauch an die Decke. „Ich meine, daß Ihre kleine Idee bereits eine dazu gebracht hat, sich zu melden."

„Wie das?"

„Ja. Eine, die sich nicht gemeldet hat, nachdem es passiert ist, weil die Geschichte zu entsetzlich war und sie dachte, sie wäre nur ihr passiert. Eine, die jetzt merkt, daß der Hund weitermacht, was er die letzten zwei Jahre über gemacht hat, wenn sie sich nicht meldet."

Manchmal bin ich wirklich beschränkt. Ich brauchte eine Ewigkeit, um zu realisieren, daß Sadie von sich sprach. Im gleichen Augenblick ging mir auf, daß ich ihr nie gesagt hatte, daß der Eindringling eine Skimaske trug. Woher sollte sie sonst wissen, daß er „maskiert" war?

„Das wußte ich nicht", sagte ich und setzte mich. Mein Magen war so verknotet wie am Abend zuvor. Ich kann zwar mit großen harten Kerlen mit Gewehren umgehen, aber zeig mir eine Frau, die angegriffen und verletzt wurde, und mit meiner Fassung ist es vorbei. Ich lieh mir einen Stift und einen Spiralblock von ihrem überladenen Schreibtisch und fing an, Notizen zu machen. Meine Hände zitterten. „Vor zwei Jahren?" drängte ich.

Sie nickte grimmig. „Ich hatte eben den Artikel über den geplanten Damm geschrieben und mußte mir deshalb allerhand Quatsch anhören. Die Stadt war in Aufruhr."

Ich erinnerte mich daran. Bis zu Sadies Artikel war ich mir selbst nicht im klaren gewesen, ob ich den Plan, am See einen Damm zu bauen, gut fand oder nicht. Sicher war ich nicht die einzige, deren Meinung sie beeinflußt hatte. Ich war ziemlich sicher, daß Sadie den Bau verhindert hatte.

„Ich bekam Drohanrufe", sagte sie. „Aber die Polizei schrieb sie ab als den Preis, den man zahlt, wenn man sich öffentlich äußert. Nie hätte ich geträumt, daß mir passieren könnte, was dann passiert ist."

Sie berichtete alles ganz genau. Ihre Stimme klang seltsam distanziert, aber in ihren Augen stand Angst, als wäre es gestern geschehen. Zweifellos handelte es sich um den Mann, der Lizzie heimgesucht hatte. Seine Vorgehensweise hatte sich nicht verändert, nur war er mit der Zeit gewalttätiger geworden.

„Sie sagten, er habe Sie gefesselt und geknebelt. Womit?"

Sie starrte mich einen Moment an, dann sackten ihre

Schultern herunter, und sie stieß einen tiefen Seufzer aus. „Er hat mich mit meinen Strümpfen angebunden", sagte sie und atmete tief ein. Ihre Stimme war kaum zu hören. „Er hat mich mit meiner Unterwäsche geknebelt."

„Hat er etwas zu Ihnen gesagt?"

Sie nickte und hatte Tränen in den Augen. „Als er am Hintereingang auftauchte, sah ich ihn. Er trug eine Skimaske über dem Kopf und, wie ich jetzt weiß, einen elektrischen Schlagstock in der Hand. Er deutete damit auf mich und befahl mir, mich umzudrehen. Als ich mich widersetzte, schlug er mich mit dem Stock, und weg war ich."

„Wie klang seine Stimme?"

„Er flüsterte, als wäre er heiser. Ich erkannte seine Stimme nicht und habe sie seither nicht wieder gehört, obwohl ich darauf achtete."

„In welcher Hand hatte er den Stock?"

Sie zog die Augenbrauen zusammen. „In der rechten. Da bin ich sicher. Außerdem trug er Handschuhe. Ich sehe es vor mir, als wäre es gestern passiert."

Es ist gestern passiert, dachte ich. Einer anderen.

„Es war seltsam. Er schien mehr an meinen Sachen interessiert zu sein als an mir. Er hat alles durchsucht." Sie senkte die Stimme und drückte ihre Kippe ärgerlich in den überquellenden Aschenbecher.

„Hat er etwas mitgenommen?"

Sie sah mich erschrocken an, ihre Wangen wurden plötzlich ganz weiß.

„Los, Sadie. Es ist wichtig. Was hat er gestohlen?"

„Deshalb bin ich nicht zur Polizei gegangen", sagte sie. „Die Stadt ist so klein. Es gefällt mir hier." Ihr Kinn zitterte, sie sah aus, als würde sie gleich zusammenbrechen.

„Hat er etwas Belastendes mitgenommen?"

„Ein Foto", sagte sie und nickte. Eine Träne rollte über ihre Wange, sie wischte sie ärgerlich weg. „Ich hätte es nicht behalten sollen. Aber wer denkt denn so was. Daß jemand deine Sachen durchwühlt und es findet. Er hat es gestohlen. Vielleicht hat er es immer noch irgendwo bei sich."

„Wenn es zu schmerzlich ist..."

„Nein. Es ist nicht schmerzlich. Es ist lächerlich. Ich bin eine erwachsene Frau und fürchte mich zu Tode, daß jemand schlecht von mir denkt, weil ich lesbisch bin!" Sie warf den Kopf zurück und lachte. „Sehen Sie sich an! Die halbe Stadt weiß, daß Sie lesbisch sind, und es ist Ihnen völlig egal."

Ich wußte nicht, was ich sagen sollte.

„Der Scheißkerl stahl ein Foto, auf dem ich mit meiner ersten und einzigen Geliebten in der Dusche stehe. Meine Zimmerkollegin im College machte die Aufnahme aus Jux, und ich habe sie all die Jahre aufbewahrt, fragen Sie mich nicht, warum. Meine Geliebte hat nach dem College geheiratet, falls es Sie interessiert." Ihr Ton war bitter.

„Ich frage mich nur, warum Sie Cedar Hills gewählt haben. In einer großen Stadt ist es doch viel einfacher."

Sie seufzte. „Ich bin vor mir selbst weggerannt, können Sie das verstehen? Wenn ich an einem hinterwäldlerischen Ort lebe, kann ich mir einreden, daß ich versteckt bleiben muß. Wie viele Menschen, Cassidy, fühle ich mich nicht so wohl in meiner Haut, wie ich es gern hätte." Sie sah zur Seite und richtete dann den Blick langsam wieder auf mich. „Haben Sie sich nicht gefragt, warum ich Ihnen aus dem Weg gegangen bin? Sie sind der lebende Beweis, daß meine Rationalisierungen reiner Quatsch sind."

Was sollte ich sagen? Sadie hatte offensichtlich mit mehr Dingen zu kämpfen als nur mit dem Überfall. Ich nickte verständnisvoll. „Er hat also den Schnappschuß gefunden und Sie damit am Reden gehindert?"

Sie nickte, immer noch wütend auf sich. „Ich hätte es der Polizei gemeldet, wenn das verdammte Foto nicht gewesen wäre. Und meine dummen Komplexe."

„Wir haben alle unsere Komplexe, Sadie. Hören Sie auf, sich anzuklagen."

Sie sah mich an, entspannte sich und legte den Kopf an die Stuhllehne. Sie atmete tief ein und langsam aus.

„Erinnern Sie sich, was er anhatte?"

„Eine Art hellen Jogginganzug. Jeder besitzt mindestens einen von der Sorte. Grau, glaube ich, oder beige." Sie wollte sich eine weitere Zigarette anzünden, besann sich aber. „Ich wollte aufhören damit", sagte sie. „Ich hatte schon über ein Jahr nicht mehr geraucht, bevor es passierte. Nichts belebt schlechte Angewohnheiten so erfolgreich wie terrorisiert werden in der eigenen Wohnung. Eine Zeitlang kam ich auf zwei Päckchen täglich. Ich war eben dabei, die ganze Geschichte hinter mir zu lassen, da tauchen Sie mit Ihren verdammten Flugblättern auf." Sie stieß ein kurzes Lachen aus. „Ob es mir gefällt oder nicht, Sie zwingen mich, mich endlich mit der Sache auseinanderzusetzen. Ich hätte wissen können, daß ich nicht die einzige bin."

„Wie denn?" fragte ich. Warum nur schienen Opfer immer sich die Schuld zu geben?

„Ich habe mir eingeredet, daß es mit dem Artikel über den Damm zu tun hatte. Ich weiß, das ist unlogisch. Aber alles andere war auch unlogisch. Ich meine, warum ich? Warum hat er gerade mir das angetan?" Sie hatte die ganze

Zeit mit den Tränen gekämpft, nun gab sie auf, und ich wußte, daß sie um mehr weinte als um die Sache mit dem Eindringling.

„Ich wollte, ich könne etwas sagen oder tun."

„Sie können etwas tun", sagte sie und wischte sich die Augen. Als ich überrascht aufsah, lächelte sie. „Sie können den Schweinehund finden. Dann will ich ihn ohne die verdammte Skimaske sehen, hinter der er sich versteckt." Ihre Vehemenz hätte mit Lizzies mithalten können.

„Tut mir leid, Sie müssen warten, bis Sie dran sind." Ich brachte kein Lächeln zustande. „Ich möchte Ihnen danken, daß Sie sich als erste gemeldet haben." Ich stand auf.

„Ich muß mich bei Ihnen bedanken", sagte sie. „Es klingt sonderbar, aber ich fühle mich auf einmal mächtig erleichtert." Sie stand ebenfalls auf. „Wer weiß, vielleicht stört dieser Artikel noch ein paar andere Frauen auf. Vielleicht ist eine dabei, die hilfreicher ist als ich."

„Oh, Sie waren sehr hilfreich. Nun wissen wir, daß er Rechtshänder ist, einen Jogginganzug trägt und durch den Hintereingang ins Haus kommt. Und daß er seine Opfer so gut kennt, daß er nach etwas Belastendem sucht, damit sie stillhalten. Ich glaube allerdings, daß es besser ist, die Skimaske im Artikel nicht zu erwähnen. Diese kleine Information sollten wir vorerst lieber zurückhalten."

Sadie nickte und strich die Zeile aus.

„Ach übrigens", sagte ich. „Ich habe vielleicht eine Idee für einen anderen Artikel." Sie zog fragend die Augenbrauen hoch, und ich erzählte ihr von dem Mittagessen mit Brand und Sisson und dem geplanten Freizeitpark. Wie vermutet, gefiel ihr das überhaupt nicht.

„Das können die doch nicht machen, ohne die Leute vorher zu fragen!" rief sie.

Als ich ging, war sie bereits am Telefon und bat im Büro des Bürgermeisters um ein Gespräch für die nächste Ausgabe der *Cedar Hills Press.* Es geht eben nichts über einen neuen Schmerz, um einen alten zu betäuben.

6

Ich hatte es eilig, nach Hause zu kommen, um festzustellen, ob jemand auf die Flugblätter hin angerufen hatte. Außerdem wollte ich meine Notizen sortieren und anfangen, ein Profil des Täters zu erstellen. Als ich zum Hafen kam, war ich völlig platt, daß Tommy mein Auto nicht nur gewaschen, sondern auch noch von oben bis unten eingewachst hatte.

„Tommy! Was tust du um Himmelswillen? Ich habe doch nur Spaß gemacht!"

„Z.A.F.Z.", sagte er und grinste mich an.

„Was?"

Er war zufrieden mit sich und hatte gründlich gearbeitet, trotzdem war es mir peinlich. „Z.A.F.Z.", wiederholte er, als wäre ich beschränkt. „Zufälliger Akt freundlicher Zuwendung."

Ich blickte ihn immer noch verständnislos an.

„Aber Cass. Du willst mir doch nicht sagen, daß du noch nie davon gehört hast. Du sollst nett sein zu den Leuten und ihnen helfen, dann tun sie anderen etwas Nettes, und dann tun die anderen etwas Nettes, und schon ist die ganze Welt damit beschäftigt, gute Taten zu tun. Es ist der neueste Schrei in Kalifornien. Ich versuche das hier in Gang zu bringen."

„Z.A.F.Z." Ich überlegte, ob das hieß, daß ich nun jemandem das Auto waschen mußte. Tommy mußte meine Gedanken gelesen haben.

„Das mußt du nicht", sagte er. „Die Sache ist so, du hast ziemlich bald das Gefühl, daß du es weitergeben willst, wenn dir genug gute Sachen passieren. Ich hatte den Anblick deines dreckigen Jeeps sowieso satt."

„Nun, so gut wie jetzt hat er noch nie ausgesehen. Danke, Tommy."

„Kein Problem, Cass. Keine Ursache."

Ich ging kopfschüttelnd die Rampe zu meinem Boot hinunter. Allemal besser als zufällige Akte von Gewalt, dachte ich, aber ich war nicht sicher, ob es in Cedar Hills funktionieren würde. Ich fragte mich, wie lange Tommys Begeisterung wohl anhielt, wenn er nichts zurückbekam.

Auf dem See war der Nachmittagswind aufgekommen, und auf dem normalerweise spiegelglatten Wasser bildeten sich winzige Wellen mit weißen Krönchen. Selbst für einen Montag schien der See ungewöhnlich einsam. Ich brauste mit ziemlicher Geschwindigkeit dahin, als ich zu meiner Rechten ein offensichtlich manövrierunfähiges Schnellboot bemerkte. Im Cockpit stand jemand und winkte wie verrückt. Ich war wohl das erste Boot, das vorbeikam.

Ich schaltete zurück, machte einen weiten Bogen und achtete sorgfältig darauf, die winkende Person nicht mit meinem Kielwasser zu durchnässen. Das Boot kam mir bekannt vor, als ich näherkam, setzte mein Herz einen Schlag aus. Die Person, die mir zugewinkt hatte, war Erica Trinidad. Das Boot hatte ihrem kürzlich verstorbenen

Onkel gehört. Sie schien von meinem Anblick genauso überrascht wie ich von ihrem.

Ich mußte schreien, um gegen den Wind gehört zu werden, der jetzt in Böen kam. Ich stellte den Motor ab, damit ich sie hören konnte. „Was ist los?“

„Ich habe kein Benzin!“ brüllte sie zurück. „Zu Hause steht ein voller Kanister. Könntest du mich abschleppen?“

Mein Reservekanister hatte nicht viel Wert. Meine Sea Swirl fuhr bleifrei, während ihr Außenborder ein Gemisch brauchte. Ich nickte und ging zum Heck, wo ich unter dem Sitz ein paar Taue liegen hatte. Ich band eines an mein Boot und warf Erica das andere Ende zu. Der Wind verwehte es, und es landete im Wasser.

Ich ließ den Motor an, damit ich neben das Schnellboot manövrieren konnte, und als sich die Bordwände beinahe berührten, hieß ich sie mein Boot festhalten, während ich das Tau einholte. Diesmal war der Wurf perfekt, ich hielt die Boote zusammen, sie machte das Seil an ihrem Bug fest.

„Ich glaube, du fährst besser bei mir mit. Du wirst dahinten sonst völlig durchnäßt!“ Ich hielt die Boote fest, während Erica in meine Sea Swirl kletterte.

Ich fuhr langsam, trotzdem hopste das kleine Rennboot hinter uns heftig auf und ab. Ich wäre gern schneller gewesen, denn es machte mich nervös, sie so nah bei mir auf dem Vordersitz zu haben. Ein paar Minuten sprach keine von uns.

Schließlich lachte Erica. „Ich beiße nicht.“ Sie fuhr mit der Hand durch ihr glänzendes schwarzes Haar und schenkte mir ein umwerfendes Lächeln.

„Warum glaubst du, daß ich denken könnte, du beißt?“ Ich klang wie eine Zweijährige.

„Mein Gott, du haßt mich, nicht wahr?“

Als ich zu ihr hinsah, war ich überrascht, ihre Augen feucht zu sehen. Vielleicht war es der Wind. „Ich hasse dich nicht, Erica.“

„Du magst nur nicht mit mir zusammen sein.“

„So ist es nicht.“ Verdammt, dachte ich. Sie weint wirklich.

„Wie ist es dann, Cass?“ Sie hatte die schönsten blauen Augen, die ich je gesehen hatte, und tränengefüllt waren sie noch viel schöner. Ich bewegte mich auf sehr gefährlichem Grund, und das wußte ich.

„Ich bin mit Maggie zusammen. Das ist alles, was dazu zu sagen ist.“

„Glaubst du, das weiß ich nicht?“ fragte sie nun etwas lauter. „Ich spreche nicht davon, mit dir ins Bett zu gehen, Cass. Ich habe nur gedacht, es wäre nett, befreundet zu sein.“

Was sollte ich antworten? Eigentlich waren wir nie Freundinnen gewesen. Wir hatten jede gemeinsame Minute im Bett verbracht.

„Du und Martha, ihr habt als Liebespaar angefangen, und seitdem ist sie deine beste Freundin. Ich weiß nicht, warum wir nicht wenigstens höflich miteinander umgehen können?“ Sie klang schrecklich verletzt.

„Martha und ich waren nie so verliebt wie du und ich.“ Kaum hatte ich das ausgesprochen, wollte ich es zurücknehmen, aber ich machte weiter, blöd wie ich war. „Wenn ich das erklären muß, bist du dümmer, als ich dachte.“

Wir näherten uns dem Haus ihres Onkels, ich beschleunigte ein wenig, weil ich die Fahrt hinter mich bringen wollte. Als ich ihre Hand auf meinem Arm spürte, zuckte ich unwillkürlich zurück.

„Mein Gott, stoße ich dich so sehr ab?“ fragte sie. Die Tränen strömten ihr über die Wangen.

„Du verstehst es nicht, stimmt’s?“

„Wenn du es mir nur sagen würdest. Sprich mit mir, Cass. Bitte.“

Wir rammten beinahe die Anlegestelle ihres Onkels, und ich lenkte mich damit ab, die Boote so zu manövrieren, daß sie sich nicht gegenseitig beschädigten.

Erika kletterte heraus und sicherte ihr Boot, während ich mich um das meine kümmerte. Der Wind wehte heftig und machte alles noch schwieriger. Ich half ihr das Tau aufzuknüpfen und stopfte es unter die Sitzbank. Als ich mich aufrichtete, stand Erica dicht vor mir.

„Sag mir, was ich nicht verstehe“, befahl sie. Ihr Blick war so bohrend, daß ich nicht wegsehen konnte.

„Es ist nicht Widerwille, was mich zurückschrecken läßt“, antwortete ich. Meine Stimme war plötzlich heiser vor Bewegtheit. „Warum erkennst du das nicht?“

„Du willst mich immer noch.“ Es war keine Frage.

„Nein“, erwiderte ich kopfschüttelnd.

„Wenn du mir nahe bist, willst du mich immer noch.“

Ich schüttelte den Kopf und senkte die Augen, weil ich ihrem Blick nicht standhalten konnte.

„Du willst mich jetzt, in diesem Augenblick“, sagte sie.

Ich fühlte ihre Arme um mich und ihre Lippen unglaublich weich und drängend auf den meinen. Mein ganzer Körper reagierte, mein Innerstes hüpfte, mein Herz stürzte ab wie ein Aufzug. In meinen tiefsten Tiefen, die ich bisher nicht gekannt hatte, baute sich ein Seufzer auf, und bevor ich wußte, was ich tat, stieß ich sie so plötzlich von mir, daß sie fiel. Erica lag auf dem Rücken ausgestreckt vor mir.

„Erica, es tut mir leid.“ Ich stand über ihr und war entsetzt über das, was ich getan hatte. Ich fühlte meine Knie weich werden. „O Gott, das wollte ich nicht.“

„Geh heim, Cassidy“, sagte sie und sah mich nicht an. „Bitte laß mich allein.“

Ich habe in meinem Leben noch nie jemand so verletzt gesehen, so zerstört, so schön. Und ich habe mich nie so mies gefühlt. Ich stieg in mein Boot und raste davon, wobei ich mir sagte, daß es der Wind in meinem Gesicht war, der mir den ganzen Heimweg über die Augen tränen ließ.

7

Der Donnerstagmorgen war trüb. Der Wind hatte die ganze Nacht nicht nachgelassen, Wolken hatten sich aufgetürmt, und es fing an zu nieseln. Dabei war August! Eigentlich sollte die Sonne scheinen. Ich hatte schlechte Laune, und Panic und Gammon, die das spürten, gingen mir aus dem Weg. Vielleicht war es auch der Wetterumschwung, der sie veranlaßte, sich auf dem Gästebett zusammenzurollen. Auf Ericas Bett, dachte ich trocken, bevor sie in meines einzog.

Ich konnte das Geschehene einfach nicht vergessen. Und ich konnte meine Gefühle nicht klären. Ich mußte mit jemand darüber reden, aber ich konnte nicht mit Maggie sprechen. Nicht, bis ich mir wirklich klar war. Booker und Jess waren gute Freunde, letztlich aber Männer. Lizzie Thompson hatte selbst genug am Hals; sie sollte sich um mein Liebesleben nicht auch noch Sorgen machen müssen. Rick und Towne, die einzigen schwulen Männer in der Stadt, die ich kannte, wären einfühlsame Zuhörer, befanden sich aber auf einer Alaskakreuzfahrt. Blieb Martha, meine älteste und liebste Freundin. Warum zögerte ich, sie anzurufen? Ich wußte warum, schon als ich die Nummer wählte.

„Du hast dich küssen lassen?" fragte sie ungläubig. Bis dahin hatte sie zugehört, ohne mich zu unterbrechen.

„Ich habe sie eigentlich nicht gelassen."

„Oh, ja. Richtig." Martha verhielt sich genauso, wie ich vermutet hatte, und das nervte mich.

„Wenn du das lieber hörst", sagte ich, „könnte man auch sagen, ich habe sie niedergeschlagen." Sie brauchte eine Minute, um zu begreifen.

„Du hast sie geschlagen?" Sie stellte eben einen Weltrekord in rechtschaffener Empörung auf. Ich fing an, das Gespräch zu bereuen.

„Es war mehr ein Stoß. Ohne Absicht. Es ist einfach passiert."

„Laß sehen, ob ich das richtig verstanden habe." Ich sah Martha vor mir in ihrem Büro, im blauen Blazer und Gabardinehose, im Drehstuhl zurückgelehnt, die Stiefel auf den Schreibtisch gepflanzt. Nach ihrer Beförderung hatte sie die Uniform weggepackt und ein Monatsgehalt für neue Klamotten ausgegeben. Ich konnte mir sogar die Neigung ihres Kopfes vorstellen und dieses leise Grinsen auf ihren Wangen mit den Grübchen. „Du hast dich eigentlich nicht küssen lassen, und du hast sie eigentlich nicht niedergeschlagen. So ungefähr? Was glaubst du denn, hast du getan, Cassidy?"

„Martha“, sagte ich verzweifelt. „Ich weiß, daß du Maggie Carradine verehrst und Erica Trinidad für ein Schwein hältst, weil sie mich verlassen hat, aber im Moment brauche ich nur eine Freundin an meiner Seite, nicht die Präsidentin von Maggies Fan-Club, okay?“

Am anderen Ende der Leitung entstand ein kurzes Schweigen, dann stieß Martha einen tiefen Seufzer aus. „Du hast recht. Entschuldige bitte. Ich mag nur nicht zusehen, wie du etwas vermasselst, das eine wirklich gute Beziehung sein könnte, wegen einer, die sich bereits als unzuverlässig erwiesen hat.“

„Das ist es ja, Martha. Ich will das, was ich mit Maggie habe, nicht vermasseln. Ich weiß nur nicht, was ich mit Erica tun soll.“ Ich klang wohl sehr pathetisch.

„Nun, ich könnte dir raten, sie einfach zu ignorieren, aber dafür dürfte es bereits zu spät sein. Sei ehrlich zu dir, Baby. Erica Trinidad geht dir immer noch unter die Haut.“

„Aber ich will sie dort nicht haben“, jammerte ich.

„Dann sag es ihr.“ Als ich nicht antwortete, fing sie an zu kichern. „Ich nehme an, du hast sie niedergeschlagen, um ihr das auf deine besondere und eigene Weise zu zeigen, was?“

„Martha, ich bitte dich. Ich habe sie nicht absichtlich gestoßen. Es ist einfach passiert. Sie ist so verdammt arrogant. Erst sagt sie, daß ich sie will, dann küßt sie mich, und dann macht sie mich so...“ Ich brachte den Satz nicht zu Ende, und Martha stürzte sich darauf.

„Wie macht sie dich?“

„Sie macht mich so scharf auf sie, wie ich es nie für möglich gehalten hätte“, sagte ich unter heftigem Herzklopfen. Ich hörte ein Quietschen und wußte, daß Martha aufgestanden war und nun wohl im Zimmer auf und ab ging. Ich glaube, sie wußte, daß ich eben laut ausgesprochen hatte, was ich mir bis dahin selbst nicht eingestanden hatte.

„Du willst also weiter mit Maggie verbunden bleiben, außer daß du immer noch in Erica verliebt bist? Kann man es so sagen?"

„Oh, Martha", sagte ich. „Ich liebe Maggie. Das weißt du. Aber wenn Erica in der Nähe ist, kann ich mich anscheinend nicht mehr beherrschen. Ich wollte immer nur eine einzige Frau lieben. Ich bin nicht wie du. Ich brauche es nicht, daß die ganze Stadt in mich verliebt ist. Ich wollte mich immer nur in eine Frau verlieben." Martha fing an zu lachen. „Das ist nicht lustig!"

„Ich weiß, Baby", sagte sie immer noch lachend. „Ich lache nicht über dich, ehrlich." Aber genau das tat sie, und ich wußte es.

„Okay, worüber dann?"

„Ich lache, weil du sonst so schlau bist und so verdammt dumm, wenn es um dein Liebesleben geht. Ich schwöre zu Gott, Cass, nur zu gern würde ich dir eine der beiden abnehmen, aber leider will mich keine."

„Sag mir, was ich tun soll. Sag mir, was du tun würdest."

„Cass, was ich tun würde und was du tun solltest, ist nicht das gleiche. Wenn Erica Trinidad, die attraktivste und sinnlichste Frau, die ich je gesehen habe, und Doktor Carradine, meine Ex-Therapeutin, über die ich stundenlang heimlich phantasiert habe, in mich verliebt wären, würde ich eine Menge Zeit in beider Betten verbringen. Aber das ist offensichtlich nicht dein Stil. Ich kann dir nicht sagen, was du tun sollst, Cass. Aber es ist klar, daß du dich entscheiden mußt. Eines weiß ich allerdings verdammt sicher. Maggie Carradine wird nicht rumhängen, bis du dich entschieden hast. Das hat sie bereits ziemlich klargemacht."

Das stimmte. Ich hatte Maggie gesagt, daß ich alle Gefühle, die ich je für Erica empfunden hatte, hinter mir gelassen und kein anderes Interesse hatte, als mit ihr zusammen zu sein. Fast wäre es mir gelungen, sie und damit auch mich zu überzeugen. Ich wollte es so. Das Problem war, daß ich mich irrte. Meine Gefühle für Erica waren alles andere als erloschen. Meine körperlichen Gefühle zumindest. Sie waren nur unter Verschluß gehalten, gärten dort und wurden mit der Zeit immer stärker. „Ich hoffe einfach immer noch, daß es vergeht. Ich will diese Gefühle für Erica nicht haben. Ich will Maggie treu sein."

„Dann sei treu", sagte Martha in ihrer simplen Art, die Welt zu sehen, die mich verrückt machte. „Erzähl Maggie, wie es dir geht, und bitte sie, diese Gefühle mit dir durchzuarbeiten. Schließlich ist sie *Psychologin.*"

„Sie ist aber auch meine Geliebte. Und ich will, daß sie meine Geliebte bleibt. Tut mir leid, aber wenn es um Erica Trinidad geht, ist es um Maggies Vernunft geschehen."

Martha sagte, sie müsse auflegen, sonst würde ihr die Tür eingerannt. „Ach, Cass, wegen des Eindringlings. Niemand hier hatte einen Fall, wie du ihn beschrieben hast. Keine große Hilfe, tut mir leid."

Ich hörte Stimmen im Hintergrund, dankte Martha fürs Zuhören und legte auf, wobei ich mir nicht sicher war, ob ich mich irgendwie besser fühlte. Aber ich hatte keine Zeit, darüber zu brüten. Kaum hatte ich aufgelegt, klingelte mein Telefon: die erste Reaktion auf das Flugblatt.

8

„Spreche ich mit Cassidy James?“ fragte eine ältere Frau, die sich offensichtlich bemühte, ihre Stimme zu verstellen.

„Ja. Was kann ich für Sie tun?“

„Ich habe Ihr Flugblatt bei McGregors gesehen und dachte, ich sollte anrufen. Ich habe aber nicht viel Zeit. Dieses Gespräch wird doch nicht etwa aufgezeichnet?“

Ich versicherte ihr, daß das nicht der Fall war.

„Dieser Eindringling, den Sie suchen, bitte erzählen Sie mir etwas über ihn.“ Sie hatte die Aura einer Person mit Geld und klang, als wäre sie gewohnt zu befehlen.

„Bevor ich das tue“, sagte ich, „könnten Sie mir vielleicht ein wenig von Ihren Erfahrungen erzählen. Dann kann ich feststellen, ob wir vom gleichen Mann reden.“

Sie stieß einen übertriebenen Seufzer aus. „Da haben Sie vielleicht nicht ganz unrecht.“ Sie hielt inne. „Die Bestie, die in meine Wohnung eindrang, trug eine schwarze Skimaske über dem Gesicht.“

Nun war ich dran mit einem abgrundtiefen Seufzer.

„Nun?“ hakte sie nach.

„Ja“, sagte ich. „Das paßt zum Profil des Mannes, den ich suche. Ich weiß, daß es schwierig sein muß für Sie, und ich bin erleichtert, daß Sie mich angerufen haben. Wenn es Ihnen recht ist, stelle ich ein paar Fragen.“

„Davon bin ich ausgegangen, als ich das Flugblatt sah. Bitte fangen Sie an.“

Das ist mal eine coole Lady, dachte ich und machte mir Notizen. „Wann ist es geschehen?“

„Letzten Monat. Am siebten Juli. Ich kam aus dem Supermarkt zurück und war dabei, die Einkäufe zu verstauen, als ich jemanden hinter mir fühlte. Was er in der Hand hatte, war wohl ein elektrischer Schlagstock, und über dem Gesicht trug er, wie gesagt, eine Skimaske. Er drängte mich ins Schlafzimmer und fesselte mich.“

So einfühlsam wie möglich führte ich sie durch die bekannten Einzelheiten und schrieb mit. Wie Lizzie Thompson und Sadie Long war auch sie an Händen und Füßen mit Strümpfen gefesselt und mit ihrer Unterwäsche geknebelt worden. Wie die anderen mußte sie voll Entsetzen mit ansehen, wie der Mann seine anscheinend ungezügelte Wut ausließ, indem er mit einem Gürtel aus ihrem Schrank auf das Bett eindrosch. Dann hatte er ihre Sachen durchwühlt, offensichtlich unberührt von seinem Ausbruch. Sie hatte niemandem von dem Angriff erzählt, auch ihrem Ehemann nicht. Wie Lizzie und Sadie konnte auch sie sich befreien. Entweder war der Mann schwach im Knotenknüpfen, oder er wollte, daß sie sich befreiten, nachdem er gegangen war.

Es gab noch weitere Übereinstimmungen. Auch diesmal hatte der Angreifer einen hellen Jogginganzug getragen. Er hatte ein Bad genommen und sich eine Mahlzeit zubereitet. Am wichtigsten war, daß die Anruferin den Geruch bemerkt hatte, der auch Lizzie aufgefallen war.

„Er hatte einen besonders starken Körpergeruch, den er mit Old Spice zu überdecken versuchte. Vergeblich, möchte ich anmerken.“

„Woher wissen Sie, daß es Old Spice war?“ fragte ich aufgeregt.

„Ich weiß es eben und kann jetzt nicht weiterreden."

„Moment noch. Haben Sie ein totes Tier in der Nähe entdeckt, als er weg war? Einen Vogel vielleicht?"

„Nein. Ich muß auflegen", flüsterte sie.

„Ich bin Ihnen wirklich sehr dankbar", sagte ich. „Wie kann ich Sie erreichen, wenn ich noch Fragen habe?"

Ihr Lachen war kurz und verächtlich.

„Da wäre meine Anonymität wohl kaum noch gewahrt. Wenn mir noch etwas einfällt, rufe ich Sie an."

Da stand ich nun, mit dem summenden Telefonhörer am Ohr und einem Gefühl von Schock. Die Stimme kam mir bekannt vor, obwohl sie sie wirklich gut verstellte. Aber das Lachen konnte niemand imitieren. Ich hatte es oft genug gehört. Die Frau, die mich eben angerufen hatte, war niemand anders als Gloria Baron, die Frau des reichsten Mannes in der Stadt. Er war bereits in Pension, aber sie arbeitete noch in jedem Komitee und jedem Beirat von Cedar Hills mit. Sie war eine mächtige Frau, eine selbständige Persönlichkeit, was durch den Reichtum ihres Mannes noch verstärkt wurde.

Ich ging in mein Arbeitszimmer und riß einen Bogen Papier von der Rolle ab, die ich in einer Ecke gelagert hatte. Ich befestigte ihn an der einzigen leeren Wand und begann, eine graphische Darstellung zu erstellen. Für jedes Opfer nahm ich einen andersfarbigen Markierstift. Ich schrieb jedes Detail eines jeden Einbruchs auf, auch Einzelheiten, die vielleicht nicht direkt zur Sache gehörten. Als ich alles notiert hatte, nahm ich einen Marker und unterstrich damit die Details, die allen drei Fällen gemeinsam waren. Dann riß ich ein weiteres Blatt ab und befestigte es neben dem ersten. Oben schrieb ich „Profil des Eindringlings" und darunter alles, was ich wußte:

Trägt einen hellen Jogginganzug
Trägt weiße Gummihandschuhe
Deutlicher Körpergeruch
Benutzt Old Spice?
Groß, ziemlich schwer
Kommt durch den Hintereingang ins Haus
Weiß, wann die Frauen einkaufen gehen? (Sadie fragen, ob sie vor dem Angriff einkaufen war)
Verstellt die Stimme (ein Einheimischer?)
Kennt sein Opfer? (Hat Lizzies Lieblingslied gesummt)
Benutzt einen elektrischen Schlagstock
Rechtshänder
Fesselt die Frauen mit ihren Strümpfen (Warum nicht mit einem Seil? Hat er einen Hang zu Strümpfen?)
Möglicherweise intelligent. Weiß, wie er die Opfer zum Schweigen bringen kann Verwischt Spuren
Beherrscht, aber wütend (schlägt auf das Bett ein, auf die Opfer nicht)
Hinterläßt totes Tier? (War der Vogel Zufall? Oder ist das neu?)

Ich wußte, es gab noch mehr, aber mein Nacken fing an, sich vom Hochsehen zu verkrampfen. Ich trat einen Schritt zurück und betrachtete meine Darstellung. Irgend etwas stimmte nicht, was, konnte ich nicht sagen. Je länger ich überlegte, desto verschwommener wurde alles, und das hieß, daß ich eine Pause einlegen mußte. Ich ließ die Sonnenblenden herunter, verschloß die Tür und schob den Schlüssel unter die Blumenvase auf dem Regal im Flur. Eins hatte ich gelernt: Wenn ich etwas geheim halten wollte, mußte ich es hinter verschlossenen Türen aufbewahren. Es gab zu viele Leute in Cedar Hills, die gern unangemeldet bei mir hereinplatzten.

Nun hatte ich die kleine Plastiktüte lange genug ignoriert, sagte ich zu mir. Es war Zeit, den Schmutz aus Lizzies Abfluß zu untersuchen. Ich deckte den Küchentisch mit einer Plastikfolie ab und bewaffnete mich mit Pinzette und einem beleuchteten Vergrößerungsglas. Dann machte ich mich an die eklige Aufgabe, in dem Dreck nach Haaren zu suchen.

Ich hatte gewußt, daß es nicht leicht sein würde, aber es war noch schwieriger als gedacht. Ich fing mit zwei Häufchen an – eines für die längeren braunen Kopfhaare und eines für die kürzeren, dunkleren gekräuselten Schamhaare. Überraschenderweise hatte ich mit vielen Haaren zu kämpfen, die nicht einzuordnen waren, und schließlich lagen mehrere Häufchen vor mir.

Ich bin keine Expertin auf diesem Gebiet. Meine Hoffnung war, daß unter all den unscheinbaren braunen Haaren ein leuchtend rotes oder blondes hervorstach, das mir auf wunderbare Weise die Identität des Eindringlings verraten würde. Doch nach einer Stunde augenermüdender Arbeit mußte ich feststellen, daß der Kerl entweder braunes Haar hatte wie Lizzie oder keines verloren.

Dessen ungeachtet bezeichnete ich die Haarhäufchen, steckte sie in verschiedene Plastiktütchen und verstaute sie in einer luftdichten Tupperschüssel für den unwahrscheinlichen Fall, daß eines Tages ein forensischer Experte den Scheißkerl damit festnageln konnte. Das war eher unwahrscheinlich, aber es tat mir gut.

Als ich mich in die Stadt aufmachte, nieselte es immer noch, aber Regenzeug war noch nicht nötig. Im Hafen steuerte ich eine freie Anlegestelle an, und da kam mir der Gedanke, daß vielleicht Tommy für den Wetterumschwung verantwortlich war. Wenn er nicht darauf bestanden hätte, Autos zu waschen, würde womöglich die Sonne noch scheinen. Gut, daß er nicht in Sicht war und so vor dem lieblosen Gedanken verschont blieb.

Mit dem Eisenwarenladen und McGregors Lebensmittelgeschäft konnte sich der Mensch in Cedar Hills so ziemlich mit allem versorgen, was zum täglichen Überleben nötig war. Für die edleren Dinge des Lebens, wie Kleidung und feine Strümpfe, mußte man etwa zehn Meilen südlich nach Kings Harbour fahren. Also lenkte ich meinen Jeep durch dichten Nebel, bis ich die Harbour Mall erreichte.

BG war ein Kaufhaus, das von allem ein bißchen führte. Ich fand den Weg zur Parfümabteilung und suchte bei den Herrendüften nach einer Flasche Old Spice. Dann ging ich in die Wäscheabteilung für Damen und sah die Strumpfhosen durch. Ich hatte eine dabei, mit der Lizzie gefesselt worden war, und suchte nach dieser Marke. Nun bin ich im Entziffern des Strumpfhosenfachjargons nicht besonders geschickt. Meine persönliche Erfahrung damit beschränkt sich auf ein paar Päckchen Kniestrümpfe aus dem Supermarkt pro Jahr. Ich wußte gar nicht, daß es eine so große Auswahl an Arten, Größen, Farben und Marken gab.

„Kann ich Ihnen irgendwie helfen, Liebes?" fragte mich lächelnd eine zu stark geschminkte Dame Ende dreißig, also viel zu jung, um mich Liebes zu nennen. Ich mußte mich bremsen, nicht mit „Nein danke, Schätzchen" zu antworten.

„Hm, ja." Ich beherrschte mich und sagte: „Ich suche so etwas." Ich hob die mitgebrachte Strumpfhose hoch.

„Dann wollen wir mal sehen." Sie untersuchte das Gummiband mit Geringschätzung. „Die führen wir nicht.

Sehen Sie, es gibt kein Markenzeichen. Bei diesen Dingern kann man nicht mal vorn und hinten unterscheiden. Rausgeschmissenes Geld, wenn Sie mich fragen. Man kriegt, wofür man bezahlt. Außerdem“, sie musterte mich mit der gleichen Verachtung, die sie der Strumpfhose entgegenbrachte, „ist die viel zu groß für Sie. Sind Sie sicher, daß Sie diese Größe haben möchten?“

„Ja.“ Ich lächelte mit zusammengebissenen Zähnen.

Sie wühlte in mehreren Regalen und hielt schließlich triumphierend eine Packung in die Höhe. „Nun, die hier kommt *der da* am nächsten. Aber ich warne Sie, sie ist Ihnen viel zu groß. Und die Farbe stimmt auch nicht. Sie wären mit einer sandelholzfarbenen besser bedient oder sogar einer hautfarbenen, wie dieser hier mit den verstärkten Spitzen.“

„Hm, und wo finde ich die gleiche?“

„Nun, ich bin mir nicht sicher, aber ich vermute, es handelt sich um die Marke L’eggs. Die bekommen Sie überall.“

„Aber nicht hier?“

„O nein, Liebes. Ich meine, überall, wo es billig ist. Obwohl die unseren im Ausverkauf auch nicht sehr viel mehr kosten. Vielleicht finden Sie drüben im Sparmarkt welche.“ Sie rümpfte die Nase. „Warum Sie allerdings diese Strumpfhose wollen, übersteigt mein Verständnis.“

Als ich ging, schüttelte sie immer noch den Kopf. Gern hätte ich sie mit einer geistreichen Abschiedsbemerkung auf die Palme gebracht. Ich betrachtete meinen Verzicht darauf als Zufälligen Akt Freundlicher Zuwendung und gab mir einen Pluspunkt. Ich hatte Tommy zwar noch nicht eingeholt, aber es war immerhin ein Anfang.

Ich fand die L’eggs ohne Schwierigkeiten, und innerhalb von Minuten hatte ich die richtige Größe und Farbe aufgestöbert. Ich kaufte einen eiförmigen Behälter mit mehreren Exemplaren, verließ die Einkaufspassage und wollte zurück nach Cedar Hills. Doch mein Jeep bestand darauf, Richtung Maggie zu fahren, wie er es oft tat, und mir blieb keine andere Wahl. Es war nach Mittag, und ich kam um vor Hunger. Vielleicht konnte ich Maggi zu einer Mittagspause überreden. Was ich wirklich brauchte, war ein Gespräch mit ihr über Erica, dabei wußte ich nicht mal, wo anfangen.

Maggies Praxis erstreckte sich über das Erdgeschoß eines älteren Hauses mit Blick auf den Hafen. Im ersten Stock wohnte sie. Ich ging ins Wartezimmer und war erleichtert, daß es leer war. Ihre Sitzungen begannen meist zur vollen Stunde und dauerten fünfundvierzig Minuten. Es war zehn vor eins. Mit etwas Glück hatte sie um eins keinen Termin.

Ich ging auf Zehenspitzen zum Büro und horchte an der Tür. Es waren keine Stimmen zu hören. Ich öffnete vorsichtig die Tür. Maggie hatte vielleicht ein Klientin bei sich und legte womöglich eine dieser berühmten Psychopausen ein. Erleichtert sah ich sie am Fenster stehen und auf den Hafen blicken, keine Klientin in Sicht.

Sie hatte mich nicht kommen hören, und ich war versucht, mich anzuschleichen, um sie zu überraschen, aber da ich ihr keinen Herzinfarkt verursachen wollte, hustete ich statt dessen. Auch so hüpfte sie fast einen halben Meter in die Höhe.

„Cass!“ sagte sie, ehrlich erfreut, mich zu sehen. „Eben habe ich an dich gedacht.“

„Ich war in der Nähe“, antwortete ich. „Du siehst wunderbar aus.“

Sie trug einen roten Seidenrock, eine passende Jacke, darunter eine nahezu durchsichtige weiße Seidenbluse. Wie sich ihre Klientinnen konzentrieren konnten, überstieg mein Begriffsvermögen. Ich saß auf der Ecke ihres Schreibtischs und bewunderte sie.

Sie umfaßte mit zarten Fingern mein Kinn. „Geht's dir gut?" fragte sie und blickte mir in die Augen.

„Ja, schon."

Ich schaffte es nicht, sie direkt anzusehen. Das Bild, wie ich Erica küßte, benebelte mir noch immer den Kopf. Maggie überraschte mich mit einem Kuß. Die Schmetterlinge wurden lebendig, als ihre weichen Lippen meine fanden und festhielten. Schon lange hatte sie nichts Romantisches mehr initiiert. Ich kämpfte mit widersprüchlichen Gefühlen, mein Herz hämmerte. Ich legte meinen Arm um sie und zeichnete mit den Fingern die Kurve ihrer Hüften nach. Ihr Rock war kurz, und plötzlich glitt meine Hand unter den seidigen Stoff.

„Hmm", murmelte sie und entzog sich. „Ich kann nicht. Gleich kommt eine Klientin."

„Maggie", flüsterte ich. Sie machte einen Schritt auf mich zu, preßte mir ihre Lippen in den Nacken und vergrub das Gesicht in meinem Haar. „Ich will dich", sagte ich mit plötzlich rauher Stimme. Meine Knie waren wie Pudding. Ein Klingelton aus dem Wartezimmer schreckte uns auf.

„Verdammt!" Maggie wurde rot, sie strich ihren Rock glatt.

„Können die nicht warten?" fragte ich und kannte bereits die Antwort. Die Klientinnen kamen bei Maggie immer zuerst. Das ist nicht doppeldeutig gemeint.

„Möchtest du zum Abendessen kommen?"

Ich schüttelte den Kopf. „Ich muß telefonisch erreichbar sein, aber ich will mit dir sprechen."

Sie zog die Augenbrauen hoch, aber wieder ging die Türglocke. Sie zuckte mit den Schultern. „Morgen?"

„Ich rufe dich an." Ich küßte sie keusch auf die Lippen.

„Mach mich nicht heiß, Cass. Ich kann mich sowieso nicht mehr konzentrieren. Du hast mich für heute ruiniert."

„Gut", sagte ich grinsend. „Du mich auch."

Ich ging hinaus, vorbei an der wartenden Frau, und versuchte wie eine von Maggies Klientinnen auszusehen. Sie war attraktiv, und einen Moment lang war ich heftig eifersüchtig. Auf der Heimfahrt schimpfte ich mit mir, jemals einen Gedanken an Erica Trinidad verschwendet zu haben.

9

Als ich das dunkle, verrauchte Lokal betrat, stand Lizzie hinter dem Tresen. Einige Männer saßen an der hufeisenförmigen Bar, andere waren am Pooltisch beschäftigt. Wenn es den ganzen Tag nieselt, drängt es die unterschiedlichsten Leute ins Lokal. Lizzie sah mich kommen, riß weit die Augen auf, ihr Gesicht zeigte Panik.

„Oh, Cassidy. Gut, daß du vorbeikommst. Das Buch, das du ausleihen willst, liegt hinten."

Lizzie war eine schlechte Schauspielerin, aber die Männer bemerkten den Trick offenbar nicht. Ich folgte ihr in einen winzigen Raum, dort zischte sie mich an: „Was willst du hier?"

„Reg dich nicht auf, Lizzie", sagte ich ruhig und legte meine Hand auf ihre Schulter. „Ich komme doch nicht zum erstenmal vorbei."

„Aber bisher hingen nicht sechshundert Flugblätter in der Stadt herum, mit deinem Namen drauf! Alle sind in heller Aufregung und tuscheln darüber, wer der Eindringling sein könnte. Schlimmer, sie spekulieren, wer die Opfer sind!" Sie hatte diesen wilden Blick, den ich am Sonntag schon bemerkt hatte.

Leider kam Lizzie schlechter damit zurecht, als ich gedacht hatte. Sie war auch sonst nicht der Typ, der sich gern helfen ließ. Doch diesmal hatte sie um meine Hilfe gebeten. Ich holte die Flasche Old Spice heraus, schraubte den Verschluß ab und ließ sie daran riechen. Sie schloß die Augen, nahm eine Nase voll und runzelte die Stirn. Dann schnüffelte sie noch mal intensiver.

„Das ist es! Wie hast du es gefunden?"

Ich erzählte ihr von meinen Gesprächen mit den zwei Frauen, die höchstwahrscheinlich vom gleichen Mann heimgesucht worden waren, und sie schien erleichtert.

„Und keine hat Anzeige erstattet?" fragte sie.

„Nein", sagte ich. „Der Mann sucht sich Opfer, von denen er weiß, daß sie nicht zur Polizei gehen werden. Deshalb konnte er es wohl auch so lange treiben."

Beim Sprechen wurde mir klar, daß ich recht und was mich irritiert hatte, als ich meine Listen studierte. Ich hatte zwar den Täter charakterisiert, nicht aber die von ihm terrorisierten Frauen. Das war eine völlig neue Möglichkeit, den Fall zu betrachten.

Plötzlich war von draußen das Geräusch zersplitternden Glases zu hören, und Lizzie eilte zurück an die Bar. Ich steckte die Flasche Old Spice in meinen Beutel und folgte ihr. Als ich dazu kam, hatte Lizzie den Streit bereits geschlichtet. Er hatte sich daran entzündet, wer während Lizzies Abwesenheit den Zapfhahn bedienen sollte. Die Männer sahen reichlich betreten aus, als ich das Lokal verließ.

Ich ging zum Hafen zurück und dachte über meine neueste Erleuchtung nach. Alle mir bisher bekannt gewordenen Opfer waren stadtbekannte mächtige Frauen. Was bedeutete das? Und was hatten sie sonst noch gemeinsam? Dann kam mir ein anderer Gedanke. Alle drei wohnten in Häusern mit einer Straßenanbindung, was in Cedar Hills längst nicht alle hatten. War das wichtig oder nur Zufall?

Ich war ganz in Gedanken versunken, als mir die beiden Freizeitparkenthusiasten Brand und Sisson über den Weg liefen. Sie waren in Begleitung von Tank McKenzie, dem Sohn des Bürgermeisters, der von seiner Aufgabe alles andere als begeistert schien. Er lächelte mich einfältig an, machte mir auf dem Bürgersteig Platz und ließ mich vorbei.

„Sie machen einen kleinen Spaziergang?“ fragte ich.

„Wir sind auf dem Weg in die Logger's Tavern“, sagte Tank. „Mein Vater erwartet uns dort gegen vier.“

Ich lächelte den beiden Männern zu, die nickten eifrig.

„Die Flugblätter haben Sie aufgehängt, nicht wahr?“ fragte Brand schließlich. Sein Alligatorlächeln war breit, seine Augen blickten argwöhnisch.

„Stimmt. Warum fragen Sie?“

„Nun, wie soll ich sagen, das ist nicht eben die Art Werbung, die Investoren ermutigt, große Summen in eine Stadt zu stecken.“

„Um Ihre Investoren mache ich mir keine Sorgen.“ Ich hatte den letzten Rest von Respekt, den ich für die beiden je empfunden haben mochte, verloren. „Meine Sorge gilt der Sicherheit der Frauen, die hier leben.“

„Ja, selbstverständlich.“ Sisson räusperte sich. „Ich glaube, Sie sehen nicht, daß wir voll auf Ihrer Seite stehen. Wir wollen Cedar Hills voranbringen. Es ist nur, hm, ein recht ungünstiger Zeitpunkt. Vielleicht können Sie so lange stillhalten, bis die Papiere unterzeichnet sind...“

Ich wollte etwas erwidern, da sah ich Tank nervös nach einer Ausbeulung in seiner Jackentasche fingern. Als er sah, daß ich ihn beobachtete, errötete er heftig. Ich fühlte auch mich erröten, nicht weil ich mich schämte, sondern vor Wut.

„Her damit, Tank“, sagte ich und streckte die Hand aus.

Er blickte hilflos von Brand zu Sisson, zuckte dann mit den Schultern, faßte nach dem Päckchen in seiner Tasche und reichte es mir. Es waren meine Flugblätter, mindestens sieben, zu einem Knäuel zusammengeballt.

„Mein Vater kam auf den Gedanken“, sagte er verärgert. „Er rechnete mit Ihrem Verständnis.“

„Ihr Vater mag der Bürgermeister sein, der liebe Gott ist er nicht.“ Ich stopfte das Knäuel in meine Tasche, stürmte an den dreien vorbei, die mir verblüfft nachstarrten. Wenn den Bürgermeister die Flugblätter aufregten, was würde er erst über die morgige Schlagzeile der *Cedar Hills Press* sagen?

Als ich nach Hause kam, hatte es sich richtig eingeregnet. Panic und Gammon begrüßten mich lautstark und rieben sich auf dem Weg zur Küche an meinen Beinen. Ich hatte einen Bärenhunger und ging unverzüglich daran, den Kühlschrank nach Eßbarem zu durchwühlen. Ich entschied mich für einen Happen Cheddarkäse, direkt vom Stück. Dann holte ich mir eine Flasche Bier und drückte auf die Taste meines wild blinkenden Anrufbeantworters. Die ersten beiden Anrufenden hatten gleich wieder aufgelegt, der dritte Anruf war von einer, die behauptete, Opfer „meines“ Eindringlings zu sein. Das war entweder ein Scheinanruf, oder wir hatten mehr als einen Irren frei in der Stadt herumlaufen. Als sie dann etwas über einen grünen Penis erzählte, neigte ich eindeutig zur Scheinthese. Der letzte Anruf stammte von Booker, er klang überhaupt nicht glücklich.

„Was um Himmelswillen führen Sie im Schilde, Cass? Ich hatte ein halbes Dutzend Anrufe, und wohin ich komme, werde ich nach dem Eindringling gefragt. Zu dumm, daß ich den Leuten keine Auskunft geben kann, weil ich nicht das Geringste weiß. Ich nehme an, daß es eine völlig einleuchtende Erklärung gibt, warum Sie mir nichts mitgeteilt haben. Ich nehme ferner an, daß ich baldmöglichst von Ihnen höre.“

Keine Frage, Booker war sauer. Zu recht natürlich. Ich hätte längst mit ihm reden sollen.

Den Rest des Abends verbrachte ich damit, in der Küche zu rumoren und zu telefonieren. Schließlich erwischte ich Booker und erklärte ihm, was los war.

Bürgermeister Mack hatte ihn angeschrien, nun war er noch weniger glücklich.

„Die Frauen wollen nicht zur Polizei gehen, Tom“, erklärte ich. „Sie wollen die Anonymität. Ich kann sie ihnen garantieren, Sie nicht.“

„Ich muß aber wissen, was in meiner Stadt passiert, verdammt noch mal!“ schrie er. Ich hörte im Hintergrund Rosie ihn ermahnen, sich abzuregen.

„Einverstanden“, sagte ich. „Und wenn Sie mir fest versprechen, nicht erraten zu wollen, wer die Frauen sind, würde ich Ihnen gern mitteilen, was ich weiß.“

Das schien ihn zu besänftigen, und wir verabredeten uns für den nächsten Tag zum Frühstück.

Dann rief ich Maggie an, legte aber auf, noch bevor ich zu Ende gewählt hatte. Ich wußte, daß ich mit ihr über den Zwischenfall mit Erica sprechen mußte, aber ein persönliches Gespräch war bestimmt besser. Ehrlich gesagt hätte ich den Fall am liebsten gar nicht besprochen.

Immer wenn ich durcheinander bin, fange ich an zu kochen. Nach den Ereignissen der letzten Tage war ich reif für größere kulinarische Unternehmungen.

Gegen Ende des Abends hatte ich eine Flasche Pinot Noir konsumiert, Pastetchen mit Hühnerfleisch gefüllt und einen Teil davon eingefroren, ein Dutzend Hühnchen-mit-Champignon-Crèpes hergestellt, wovon ich auch einen Teil einfror, sowie ein exzellentes Käsesoufflé fabriziert und eine reichliche Portion davon gegessen. Als ich zu Bett ging, herrschte in meinem Magen fast das gleiche Durcheinander wie in meinem Kopf.

10

Am Mittwoch war das Wetter noch trostloser als tags zuvor. Der Wetterbericht sagte Sturm voraus, von Alaska kommend, und ich mußte unwillkürlich an Rick und Towne auf ihrer Kreuzfahrt denken.

Ich hatte den halben Vormittag mit Booker verbracht und ihn mit allen Einzelheiten der verschiedenen Fälle vertraut gemacht. Als ich das Vorgehen des Eindringlings beschrieb, wechselte sein Gesichtsausdruck zwischen Ungläubigkeit und Wut. Booker machte sich nie Notizen, aber aus der Art, wie er zuhörte, schloß ich, daß ihm kein Detail entging.

„Wenn er Handschuhe trägt, wird er kaum Spuren hinterlassen", sagte er nachdenklich und schlürfte seinen Kaffee.

„Das ist egal", erwiderte ich. „Die Opfer wollen sowieso nicht die Polizei dabei haben. Das weiß er vermutlich und verläßt sich darauf."

„Aber woher weiß er das?" fragte er. Ich hatte Booker von meiner Theorie, daß alle Opfer bekannte Frauen waren, nichts erzählt. Dann hätte ich ihm auch gleich die Namen nennen können. Ich umging dieses Thema.

„In einer kleinen Stadt wie der unseren ist es fast unmöglich, ein Geheimnis zu bewahren. Was er mit den Frauen macht, ist nicht nur erschreckend, sondern auch demoralisierend. Außerdem nimmt er etwas an sich, von dem er denkt, daß es sie abhält, zur Polizei zu gehen. Eigentlich erpreßt er damit ihr Schweigen."

Ich sagte nichts davon, daß es zwar für jede Frau schrecklich ist, noch schrecklicher aber für eine Frau, die im Licht der Öffentlichkeit steht und deren Identiät und Selbstwertgefühl darauf baut, daß andere sie als starkes, unabhängiges Vorbild sehen.

„Ich wollte, ich könnte irgend etwas tun", jammerte er. „Ich bin in einer unangenehmen Lage. Wenn sie nicht zu mir kommen, kann ich ihnen doch nicht helfen."

„Vielleicht traut sich jetzt eine", sagte ich. „Nach dem

Artikel heute in der Zeitung hoffe ich, daß sich welche melden."

„Glauben Sie wirklich, der Fiesling ist von hier?" fragte er.

„Durchaus möglich. Ich denke, er kennt seine Opfer und wählt sie sorgfältig aus. Wenn ich Ihnen sagen würde, warum ich das glaube, würde ich die Vertraulichkeit brechen, die ich zugesichert habe." Er nickte, und ich fuhr fort. „Es könnte sogar jemand sein, den wir beide kennen. Ein ganz unauffälliger Mann. Einer, der verheiratet ist, Kinder hat und einer geregelten Arbeit nachgeht. Denken Sie darüber nach, Tom. In Cedar Hills ist einer unterwegs, der nach außen hin ganz normal aussieht, in Wirklichkeit aber den verdrehten, schwachsinnigen Zwang hat, einen bestimmten Typ Frauen zu dominieren, zu erniedrigen und mit Schmutz zu bewerfen. Maggie meint, es könnte sein, daß er selbst als Kind mißbraucht worden ist."

„Ich muß immer an den Zusammenhang mit dem Lebensmittelladen denken", sagte er. „Ich glaube nicht an soviel Zufall."

Gleich am Morgen hatte ich Sadie Long angerufen, um zu fragen, ob sie kurz vor dem Überfall beim Einkaufen gewesen war. Wie die anderen auch war sie gerade von McGregor zurückgekommen.

„Es könnte jemand sein, der bei McGregor arbeitet", fügte er hinzu.

„Daran habe ich auch gedacht. Vielleicht sollte ich auf dem Arbeitsplan von McGregor nachsehen, wer gestern und am siebten Juli kurz vor, aber nicht während der Angriffe gearbeitet hat. Es ist aber unwahrscheinlich, daß jemand alles stehen und liegen lassen und einfach gehen kann."

„Außer am Ende der Schicht. Vielleicht ist es jemand wie der Junge, der die Tüten zum Auto trägt, oder gar Roy, der Manager, dessen Arbeitstag endet, wenn die Frauen ihre Einkäufe erledigt haben."

„Ich glaube nicht, daß der Eindringling seine Opfer nach dem Zufallsprinzip sucht", sagte ich. „Er kennt sie. Er wählt sie bewußt."

„Vielleicht kennt er ihre Einkaufsgewohnheiten und paßt seine Zeiten entsprechend an."

„Vielleicht", meinte ich nachdenklich. „Dann muß es nicht jemand aus dem Laden sein. Die Einkaufszeiten sind nicht schwer festzustellen. Es könnte auch jemand sein, der an der Main Street arbeitet und durchs Fenster sieht, wann sie vorbeifahren."

„Oder er könnte gegenüber in Lizzies Bar sitzen und von dort aus den Parkplatz von McGregor beobachten. Er wartet, bis die Richtige einparkt, legt sein Geld auf den Tresen, geht zu ihrem Haus und wartet dort auf sie."

„Es könnte jeder sein", sagte ich mit wachsender Ungeduld. „Tom, eine Sache beunruhigt mich. Warum, glauben Sie, fesselt er sie mit Damenstrümpfen? Ich meine, warum nimmt er nicht einfach ein Seil?"

„Vielleicht ist er einer von der Sorte, die gern Frauenunterwäsche trägt." Er zwirbelte nachdenklich seinen Schnurrbart.

Ich sah ihn scharf an. Wie kam er zu diesem Schluß? Und warum hatte ich nicht selbst daran gedacht?

„Oder er will an ihren Handgelenken und Knöcheln keine Spuren hinterlassen", fügte er hinzu. „Viele Mißbraucher vermeiden sichtbare Spuren. Ich bin aber auch wegen des Vogels beunruhigt. Nicht daß er es getan hat, falls er es denn tatsächlich war, sondern daß er es vorher nicht getan hat. Es könnte bedeuten, daß er das bißchen Kontrolle, das er über sich hat, auch noch verliert."

„Das habe ich auch schon gedacht. Vielleicht ist der Vogel auch nur gegen das Fenster geflogen, Tom. Ich meine, die Stufe ist nicht so weit vom Küchenfenster weg. Er könnte ans Fenster gestoßen, noch ein wenig herumgeflattert und dann heruntergefallen sein und sich den Hals gebrochen haben. Vielleicht hat der Vogel nichts mit dem Kerl zu tun."

„Vielleicht. Hoffen wir, daß der Artikel ein paar neue Hinweise bringt." Er tätschelte das Exemplar der *Cedar Hills Press*, das auf dem Tisch zwischen uns lag.

Obwohl ich ziemlich früh in der Stadt gewesen war, war die Zeitung überall ausverkauft. Während Booker und ich den Fall diskutierten, sah ich die Gäste an den anderen Tischen in angeregtem Gespräch. Sadies Artikel über den Eindringling nahm die Hälfte des Titelblatts ein. Der übrige Platz auf der ersten Seite war dem geplanten Freizeitpark gewidmet und Sadies leidenschaftlichem Aufruf an alle, sich auf der Bürgerversammlung heute dagegen auszusprechen. Die beiden Artikel hatten die ganze Stadt in helle Aufregung versetzt.

„Ich gehe davon aus, daß Sie mit dem anderen Artikel nicht auch noch zu tun haben", sagte Booker, und seine blauen Augen blitzten.

„Was bringt Sie denn auf diesen seltsamen Gedanken?" Ich schenkte ihm mein unschuldigstes Lächeln.

„Es ist nur komisch, daß Shady Sadie plötzlich in Dinge eingeweiht ist, die wir kürzlich beim Essen mit diesen beiden Übelmännern besprochen haben."

„Nun, Sie kennen doch die Presse. Sie hat überall ihre Quellen."

„Hm, hm", machte Booker und drehte einen Zahnstocher zwischen den Zähnen. Es war offensichtlich, daß er mir meine Unschuldstour nicht abnahm. „Wenn es Ihnen nichts ausmacht, daß der Bürgermeister Sie aufs Korn nimmt. Soviel ich weiß, ist er ziemlich wütend wegen dieser Flugblätter. Offenbar war die Finanzierung ihres kleinen Freizeitparks noch keineswegs gesichert. Er denkt anscheinend, daß Nachrichten über einen Irren, der in Cedar Hills frei herumläuft, potentielle Investoren abschrecken. Ich stelle mir vor, daß er wirklich die Nerven verliert, wenn er Sadies Artikel über den Freizeitpark liest und erfährt, daß sie einen Protest organisiert. Vielleicht wäre es angezeigt, sich eine Weile zurückzuhalten."

„Ich weiß Ihre Warnung zu schätzen", sagte ich lächelnd. „Aber Zurückhaltung war noch nie meine Stärke."

„Dacht' ich mir's", sagte Booker und rückte vom Tisch ab. Seine Diätvorsätze hatten offensichtlich nicht lange gehalten. Eben hatte ich ihn vier Streifen Speck, zwei Spiegeleier, einen gigantischen Berg Bratkartoffeln und reichlich Bratensauce mit Brötchen verdrücken sehen. Gemessen an seinem Appetit nahm sich meiner bescheiden aus.

Nach dem Frühstück machte ich meinen gewohnten Spaziergang durch die Stadt mit einem Umweg durch Lizzies Viertel. Sie hatte mir verboten, mit den Nachbarn zu sprechen, und so blieb mir nicht viel zu tun. Aber schon der Gang durch das Viertel brachte mich auf Ideen.

War er einfach die Straße entlanggelaufen und direkt auf ihren Hintereingang zu? Oder hatte er irgendwo in der Nähe geparkt? Könnte es ein Jogger sein? Die Tatsache, daß er anscheinend immer Trainingsanzüge trug, brachte mich auf den Gedanken, er könnte ein Sportfreak sein.

Wie ich, dachte ich mit Blick auf meine sportliche Bekleidung.

Nun fielen mir tätsächlich Leute auf, die irgendeine Art Sportanzug trugen. Da mähte ein Mann in einem verschlissenen grauen Trainingsanzug den Rasen, dort machten zwei Frauen in glänzenden neuen Jacken und Hosen einen flotten Spaziergang, und zwei Teenager joggten im nahen Park, die eine ganz in Blau, die andere in Rot. Mir war bisher nicht aufgefallen, wie viele Leute Jogginganzüge trugen. Der Täter würde damit wahrscheinlich nicht auffallen.

Aber was war mit der Maske und den Handschuhen? Die würde er auf der Straße natürlich nicht tragen. Das heißt, daß er sie in einer Tasche trug. Einer Tasche, die groß genug war, um einen elektrischen Schlagstock darin zu verstecken.

Beim Joggen schleppt man aber keine Tasche mit. Je länger ich darüber nachdachte, desto wahrscheinlicher schien mir, daß er zum Haus des Opfers gefahren war und in der Nähe geparkt hatte. Ich hätte alles dafür gegeben, in Lizzies Nachbarschaft herumfragen zu dürfen. Aber versprochen war versprochen, ich mußte einen anderen Weg finden.

Es stürmte immer noch, die Temperatur war seit gestern um mindestens fünf Grad gesunken. Der Himmel war schiefergrau, und im Norden brauten sich drohende Gewitterwolken zusammen. Jede Wette, wir hatten einen gewaltigen Wolkenbruch vor uns.

Obwohl ich schnell ging, um mich warm zu halten, war ich am Ende meines Fünf-Kilometer-Spaziergangs durchgefroren bis auf die Knochen – nicht nur wegen des herannahenden Sturms, sondern weil ich ein wachsendes

Gefühl der Bedrohung nicht abschütteln konnte. Mir war, als würde ich beobachtet, immer wenn ich jemandem auf der Straße begegnete, überlegte ich zwanghaft, ob das der Gesuchte war.

Den Rest des Tages verbrachte ich mit etwas vollkommen Lächerlichem – ich gab vor, Leute über den Artikel zu befragen und ob sie eine Idee hatten, wie man den Kerl fassen konnte. In Wirklichkeit schnüffelte ich an den Männern auf der Suche nach einem Hauch von Old Spice. Ich wußte, daß das ein sehr gewöhnliches Rasierwasser ist, daß die Papas landesweit das übelriechende Zeug zum Vatertag geschenkt bekommen und es keinesfalls bedeutete, den Eindringling gefunden zu haben, wenn ich den Geruch entdeckte. Aber es war einen Versuch wert.

Ich hatte die Flasche bei mir und überzeugte mich in regelmäßigen Abständen von der Besonderheit des Geruchs, was mir immer wieder einen Niesanfall bescherte. Mehrere Male meinte ich das Duftwasser zu riechen. Ed Beechcomb, der Briefträger, hatte etwas aufgelegt, das Old Spice ganz nahe kam. Ich wußte, daß er seine Frau einmal mit einem Fleischermesser bedroht hatte, als er von ihren ehelichen Fehltritten erfahren hatte. Und das Postamt war ganz in der Nähe vom Lebensmittelladen, so daß er seine Opfer beobachten konnte, wenn sie zum Einkaufen kamen. Darüber hinaus hatte er keinerlei Aufsicht, weil er auf der Dienststelle allein war. Er konnte leicht unentdeckt hinausschlüpfen und zurück sein, bevor ihn jemand vermißte.

Ich meinte auch an Roy, dem Manager von McGregor, ein wenig Old Spice zu riechen, aber für ihn war es viel schwieriger, einfach aus dem Geschäft zu verschwinden, obwohl sicher auch Manager manchmal etwas zu erledigen haben. Ich stand in etwa einem halben Meter Entfernung vor ihm in dem engen abgeschlossenen Rechteck, das ihm als Büro diente, und glaubte unter dem Rasierwasser einen unangenehmen Körpergeruch wahrzunehmen. Wenn ich aber noch ein einziges Mal schnüffelte, würde er mich für komplett verrückt halten. Er beäugte mich jetzt schon so komisch.

„Was kann ich für Sie tun, Cassidy?“ Roy hatte einen schleppenden, hinterwäldlerischen Tonfall. Er war ein großer, schlanker Mann in den Vierzigern. Das helle Haar trug er glatt aus der Stirn nach hinten geklatscht, was seine Augen ungewöhnlich groß erscheinen ließ.

„Nun, es ist mir ein bißchen peinlich, Roy. Darf ich Sie um einen Gefallen bitten?“

„Klar. Dafür bin ich da.“ Er grinste mich an, zeigte dabei seine unregelmäßigen Zähne und verschränkte die Arme vor seiner Hühnerbrust, als hätte er ganz viel Zeit.

„Wie gesagt, es ist ein wenig peinlich. In Gang drei ist ein großer blonder Kerl mit einem roten Hemd, ich glaube, der verfolgt mich. Er ist auf der Straße hinter mir hergegangen. Es ist vielleicht ganz harmlos, aber diese Sorte ist mir unheimlich. Ich dachte, ich könnte mich hier vielleicht verstecken, bis er weg ist.“

Roy fuhr sich mit der Hand über das plattgedrückte Haar, zog die Hose hoch und öffnete die Tür. „Bleiben Sie nur hier, Cass. Ich seh mir den Kerl mal an.“

Kaum war er weg, durchsuchte ich das kleine Büro nach dem Wochenarbeitsplan. Ich fand ihn an einer Klemmtafel, die mit einem Nagel an der Wand befestigt war. Nach wenigen Minuten hatte ich festgestellt, daß Roy in der Zeit, als Lizzie einkaufte, tatsächlich Dienst gehabt hatte. Ferner stellte ich fest, daß er kurz danach gegangen war. Ich wollte den Dienstplan vom siebten Juli finden, aber Roy war zurück, bevor ich mich umsehen konnte.

„Muß wohl gegangen sein. Die Beschreibung paßt auf niemand im Laden. Aber man kann heutzutage einfach nicht vorsichtig genug sein. Beim nächsten Mal melden Sie es sofort Sheriff Booker. Wir brauchen in Cedar Hills keine herumhängenden Rowdys."

Ich dankte Roy und ging hinüber zu Lizzies Lokal. Mein Kopf arbeitete wie verrückt. Die Bar war gut gefüllt, und ich traf viele Leute, die ganz normal nach sich selbst rochen, nur wenige nach irgendeinem Wässerchen. Tommy Greene, der oft ein wenig nach Schweiß roch, trug ein Duftwasser, aber als ich an ihn herankam, funktionierte meine Nase nicht.

Tommy sah mich befremdet an, als ich an ihm schnüffelte. „Bist du erkältet?" fragte er.

„Nur ein kleiner Schnupfen. Der Wetterumschwung."

„Oh. Ich habe von deinem maskierten Eindringling gehört", sagte er und verschränkte die Arme vor der Brust, um seinen tollen Bizeps zu zeigen. Den ganzen Tag schon hatten die Leute von „meinem" Eindringling gesprochen.

„Jetzt wissen es wohl alle. Hast du irgendeinen Verdacht?" fragte ich und hatte plötzlich ein komisches Gefühl im Magen. Im Artikel war nirgends erwähnt, daß der Eindringling maskiert war. Ich hatte Sadie gebeten, das wegzulassen.

„Ich weiß von nichts", sagte er. „Welcher Mann würde denn so etwas tun?"

„Tommy", sagte ich mit klopfendem Herzen. „Woher weißt du, daß der Eindringling eine Maske getragen hat?"

„Nun, mal sehen", versuchte er sich zu erinnern. „Ich glaube, es war der Angeber Brand, der es erwähnt hat. Ich habe ihn und Sisson heute mit dem Boot nach Pebble Cove gefahren. Sie wollten das Gelände noch mal vom See aus betrachten."

„Was genau hat er gesagt?" Ich versuchte, trotz meines rasenden Pulsschlags, ganz ruhig zu erscheinen.

„Nun, er ließ sich über den ungünstigen Zeitpunkt dieser Flugblätter aus und so weiter. Er sagte, daß er die ganze Aufregung sowieso nicht verstünde, weil der maskierte Mann schließlich und endlich überhaupt nichts getan hat. Ich hatte den Eindruck, er wußte genau, wovon er redete, weil er so selbstsicher klang."

Das waren wirklich seltsame Neuigkeiten, dachte ich. Entweder log mein Freund Tommy, um seinen Fehler zu vertuschen, oder Brand wußte etwas, das nur der Eindringling, seine Opfer, der Sheriff und ich wußten. Ich war mir sicher, daß Booker niemandem etwas gesagt hatte. Auch Lizzie nicht.

Da blieb nur noch die geheimnisvolle Anruferin, von der ich annahm, daß es Gloria Baron war, oder eine andere Frau, die das Schwein heimgesucht hatte. Und natürlich das Schwein selbst. Nicht zum ersten Mal hätte ich gern gewußt, welche Opfer zu Maggie gegangen waren. War es Sadie oder Gloria Baron? Oder gab es noch andere, von denen ich bisher nicht gehört hatte?

Ich versuchte mir Ned Brand als den Eindringling vorzustellen. Aber Sadie war vor zwei Jahren überfallen worden. Hatte Brand sich damals in der Stadt aufgehalten? Vielleicht hatte er nach einem passenden Gelände für seine geplante Freizeitanlage Ausschau gehalten? Hatte er volle zwei Jahre damit zu tun gehabt, das Geld für die Verwirklichung seines Traums aufzutreiben? Das mußte ich unbedingt herausfinden. Wer könnte darüber Auskunft geben? Brand würde wohl kaum ehrlich antworten, wenn er es war, der in die Häuser der Frauen eindrang. Aber vielleicht konnte Sisson Brands Anwesenheit in Cedar Hills vor zwei Jahren bestätigen. Andererseits konnte auch Sisson der Eindringling sein. Vielleicht hatte er Brand von der Maske erzählt. Verdammt, es konnte ja auch Tommy sein. Nein, unmöglich, dachte ich kopfschüttelnd. Als ich schließlich zu Hause ankam, war ich verwirrt und erschöpft.

Ich hatte auf Sadies Artikel keine so schnelle Reaktion erwartet, aber mein Anrufbeantworter spielte verrückt. Panic lauerte über dem Apparat, bereit, den nächsten Anrufer anzuspringen.

Ich drückte auf die Wiedergabetaste und notierte, was ich hörte. Als das Band zu Ende war, spielte ich es noch einmal ab und noch einmal, bis ich die Nachrichten beinahe auswendig hersagen konnte. Zwei waren echt, da war ich mir ziemlich sicher.

Der erste kam von einer Frau, die behauptete, vor einer knappen Woche „bestohlen" worden zu sein. Sie gab genug Information, um mich zu überzeugen, daß sie von „meinem" Eindringling heimgesucht worden war. Und das Beste war, daß sie ein Detail lieferte, das keine der anderen erwähnt hatte. „Er ist kahl", sagte sie. „Als er mich angriff, versuchte ich mich zu wehren. Ich packte die Maske, die er über den Kopf gezogen hatte, und versuchte ihn an den Haaren zu ziehen, aber ich fühlte keine. Dann versetzte er mir mit einem Ding wie einem Elektrostock einen Schlag, und ich konnte nichts mehr machen."

Abgesehen davon war ihre Geschichte mit den anderen fast identisch. Leider hatte sie keinen Namen hinterlassen, und ihre Stimme war mir vollkommen fremd.

Die anderen Anrufe waren eine Mischung aus Glückwünschen und neugierigen Nachfragen. Einer, da war ich mir ziemlich sicher, war eine falsche Fährte. Aber der letzte Anruf war es, der mir kalte Schauer über den Rücken jagte. Kein Wunder, daß Panic in Angriffshaltung war. Er mußte angerufen haben, kurz bevor ich kam.

„Hallo, hallo", sagte die Stimme, eine leise flüsternde, eindeutig verstellte Stimme. „Ich habe gehört, daß Sie nach mir suchen. Nun, suchen Sie nur nicht zuviel. Es könnte sein, daß Sie mich schneller finden, als Ihnen lieb ist. Ich könnte auf einmal durch Ihren Hintereingang kommen. Muß Schluß machen. Bis bald."

Die Haare auf meinen Unterarmen und im Nacken standen zu Berge. Ich ging zu meinem Schlafzimmerschrank und sah nach meiner Pistole. Ich kam mir ein bißchen lächerlich vor, zog aber doch mein Schulterhalfter über, ging durchs Haus und tat, was ich sehr selten tue: Ich schloß sämtliche Türen ab. Dann setzte ich mich in mein Arbeitszimmer und grübelte über meinen graphischen Darstellungen, bis mir der Kopf brummte.

11

Ich hatte Maggie gebeten, mit mir im *Cove* zu Abend zu essen. Eigentlich zu teuer für Cedar Hills, war das *Cove* nach zwei Jahren wunderbarerweise immer noch im Geschäft. Es war ein kleines Restaurant mit Seeblick und etwa einem Dutzend Tischen. Es hatte nur abends geöffnet, bot eine begrenzte Auswahl Menüs zu festen Preisen an und war mit Abstand mein Lieblingsrestaurant in der Stadt.

„Guten Abend die Damen. Ihr Tisch ist reserviert. Isch 'abe einen sehr netten Vin für Sie 'eute abend. Très trocken, wie Sie es mögen."

„Vielen Dank, Pierre", sagte ich und sank auf einen Plüschsessel Maggie gegenüber. Ich war ziemlich sicher, daß Pierre aus dem Mittleren Westen kam und den Akzent nur spielte, ließ mir aber nie etwas anmerken.

„Möchten Sie die Escargot oder die Paté als Vorspeise?"

Schnecken waren nicht meine Sache. Wir bestellten die Pastete.

Maggie trug einen schlichten Rollkragenpullover und eine graue Hose, was an einer anderen vielleicht unscheinbar ausgesehen hätte. An Maggie wirkte es elegant. Ihre grünen Augen reflektierten das Kerzenlicht, sie schienen zu tanzen.

„Du hast also in ein rechtes Wespennest gestochen", sagte sie, nachdem Pierre den Wein gebracht hatte, einen französischen Merlot, trocken, wie versprochen. Ich erzählte ihr von den neuesten Ereignissen, sie hörte aufmerksam zu. „Das kann sehr gefährlich werden für dich, Cass. Wenn er dich als Bedrohung empfindet, wird er dir nachstellen."

„Deshalb trage ich das hier bei mir." Ich schlug meine Jacke zurück und zeigte ihr das Schulterhalfter, in dem beruhigend die .38er steckte.

Maggie schüttelte den Kopf. Vor Felswänden, die sie mit bloßen Händen hinaufkletterte, fürchtete sie sich nicht, aber sie sorgte sich um meine Sicherheit als Privatdetektivin.

„Du würdest eine gute Mutter abgeben“, neckte ich sie. „Du hast viele mütterliche Instinkte.“

„Ich bemuttere dich nicht. Aber ich wünsche mir wirklich, du wärst dir der gefährlichen Situationen, in die du dich anscheinend mit Vergnügen begibst, etwas mehr bewußt. Manchmal habe ich den Eindruck, du suchst sie geradezu.“

„So wie du? Ehrlich, Maggie, eine, die Bungee-Jumping macht, muß schon übergeschnappt sein, meinst du nicht?“

Pierre brachte uns einen kleinen Teller mit Pasteten und einen Korb mit knusprigem französischem Weißbrot. Maggie überging meine Bemerkung.

„Du willst ihn also provozieren?“ fragte sie und strich sich die Leberpastete sorgfältig auf ein Stück Brot.

„Wenn möglich ja. Ich werde einfach das Gefühl nicht los, daß er hier in der Stadt ist. Daß er mich beobachtet. Das ist unfair. Ich will, daß er aus seinem Versteck kommt. Daß sich sein Vorteil verringert.“

„Ich hoffe nur, daß er keinen elektrischen Schlagstock trägt, wenn er rauskommt.“ Sie lächelte schief.

Pierre brachte einen Gang nach dem anderen zum Tisch, und unser Gespräch plätscherte locker dahin. Mehrmals nahm ich Anlauf, den Vorfall mit Erica zur Sprache zu bringen, aber nie war der Zeitpunkt günstig. Schließlich fing Maggie selbst davon an.

„Du hast etwas auf dem Herzen, Cass. Warum rückst du nicht einfach damit heraus?“

„Wie kommst du denn darauf?“

Sie lachte. „Dein Gesicht ist wie ein offenes Buch. Das ist etwas, das ich an dir so mag. Was ist es? Es hat mit Erica Trinidad zu tun, stimmt's?“

„Maggie, ich kann's nicht glauben.“

Sie wartete geduldig.

„Ich bin ihr kürzlich zufällig begegnet. Auf dem See. Ihr Boot hatte keinen Treibstoff mehr, und ich schleppte sie nach Hause."

„Hm, hm." Keine Kritik. Nur Geduld.

„Sie hat mich geküßt", platzte ich heraus. „Und ich habe sie umgestoßen, könnte man sagen."

„Du hast sie umgestoßen?" Gar nicht so objektiv, diese Psychotante, dachte ich.

„Es war eine völlig ungeplante Reaktion" sagte ich. „Ich habe noch nie im Leben so etwas getan. Abgesehen von dem Fall, als ich angegriffen wurde. Aber eine Frau nie. Nie eine Person, die ich mochte."

„Du gibst also zu, daß du Erica immer noch magst."

„Das wollte ich nicht sagen. Ich will natürlich sagen, daß ich sie noch mag. So etwas läßt sich nicht einfach abstellen. Aber ich wollte nicht von ihr geküßt werden!" Ich wußte, daß ich leicht hysterisch klang. Ich hörte das Defensive in meiner Stimme, kam aber nicht dagegen an.

„Die Menschen werden im allgemeinen nicht gewalttätig gegen eine Person, die versucht, sie zu küssen, Cass. Es gibt andere, weniger dramatische Wege, sie wissen zu lassen, daß man an ihrer Zuneigung nicht mehr interessiert ist." Ihr Blick bohrte sich in den meinen, ich senkte die Augen und fühlte meine Wangen erröten.

„Außer du bist immer noch an ihrer Zuneigung interessiert und immer noch wütend auf dich selbst, weil du Dinge fühlst, die du nicht fühlen willst. Ich will sagen, wenn du dich wirklich beschissen fühlst deswegen, hast du deine Wut wohl gegen sie gewendet." Maggie drückte sich nie so ordinär aus, und als ich aufsah, stand Wut in ihren sonst so ruhigen Augen.

„Maggie, bitte. Du mußt mich verstehen."

„Das tu ich", sagte sie und rückte den Stuhl zurück. „Ich verstehe dich offensichtlich besser als du dich selbst."

Sie ging, ich sah ihr nach und fühlte mich völlig verloren. Ich konnte ihr nachrennen, aber was sollte ich sagen? Sie hatte ja recht. Ich mochte Erica immer noch. Es ließ sich nicht leugnen, auch nicht vor mir selbst. Ich legte den Rechnungsbetrag auf den Tisch und ein unanständig hohes Trinkgeld für Pierre. Dann verließ ich das Lokal. Ich fühlte mich miserabel.

12

Der einzige Raum, groß genug für eine Bürgerversammlung, war die alte Methodistenkirche. Als ich kam, war sie bereits überfüllt, die Leute standen in den Seitenschiffen und vor der Tür. Bürgermeister Mack war auf dem Podium und klopfte mit einem Hämmerchen um Ruhe. Ich drängte mich durch die Menge und suchte Booker, der mir einen Platz freihalten wollte. Zwischen ihm und Jess Martin war ein leerer Stuhl, wie versprochen. Links von Booker saß Lizzie Thompson, und während ich mich setzte, sah ich praktisch alle Bekannten, die ich in der Stadt hatte.

„Ich bin entzückt, daß heute abend so viele Leute gekommen sind", rief Mr. Mack ins Mikrophon. Die Gespräche verebbten, und er senkte die Stimme: „Wie Sie wissen, haben wir heute zwei Gentlemen bei uns, die vorhaben, Cedar Hills und Rainbow Lake endlich bekannt zu machen."

Es gab beifälligen Applaus, aber auch ziemlich viel Murren. Ich war überrascht, Sadie Long neben Gloria Baron sitzen zu sehen, und fand es ironisch, daß keine von der anderen wußte, daß sie das gleiche Martyrium durchgemacht hatte wie sie.

„Wie Sie wissen", fuhr der Bürgermeister fort, „gibt es in Cedar Hills wirtschaftliche Probleme, seit die Lachsfischerei eingeschränkt wurde. Der Ort ist vielen überhaupt nicht bekannt. Tausende von Touristen fahren jedes Jahr vorbei, halten zehn oder zwanzig Meilen weiter und geben ihr Geld anderswo aus. Das muß nicht so bleiben. Wir haben heute einen sehr sympatischen Mann unter uns, Ned Brand, der weiß, wie wir das ändern können!"

Es gab höflichen Applaus, als Brand das Podium bestieg, aber nicht wenige Anwesende hielten mit ihrem Urteil vorerst zurück.

Brands Wangen waren rosig, selbst von meinem Platz aus sah ich den Glanz in seinen Augen. Ich überlegte beiläufig, wie viele Martinis sein Mittagessen begleitet hatten.

„Ich bin hocherfreut, hier sein zu können", sagte er. „Cedar Hills ist eine wunderbare Stadt, und es ist herrlich, so viele ehrliche brave Leute an einem Ort vorzufinden."

Er wollte sich offensichtlich einschmeicheln, und von den nickenden Köpfen her zu schließen, schien es zu funktionieren. Er redete von der Chance, die sich nur einmal im Leben bietet, und wie phantastisch es wäre, Pläne zu haben, die Wohlstand und Reichtum in unsere Gemeinde bringen würden. Als er jeden erdenklichen Vorteil des Freizeitparks ausgebreitet hatte, bat er seinen Freund Sisson, die zauberhafte Anlage zu beschreiben.

Sisson machte einen ungewöhnlich nervösen Eindruck. An seinem Hemd unter den Achseln bildeten sich Schweißränder. Er zwirbelte die Spitzen seines Schnurrbarts und hustete ins Mikrophon. Als sich die Menge beruhigt hatte, begann er leise zu sprechen.

Trotz seiner Nervosität war er ein eindrucksvoller Redner. Er entwarf in den lebhaftesten Farben ein Bild der tollen Anlage. Ich muß gestehen, daß auch ich von dem Ausmaß des Vorhabens beeindruckt war. Als er zum Schluß kam, gab es ehrlichen Applaus.

Nun ergriff wieder Bürgermeister Mack das Mikrophon, sein Gesicht strahlte. „Zeigen wir diesen Herren, wie man in Cedar Hills Freunde begrüßt!" sagte er in Richtung der beiden Männer und klatschte dabei wie verrückt. Die Menge reagierte darauf, und es hatte den Anschein, als wäre der Freizeitpark bereits ausgemachte Sache.

„Ich habe eine Frage!" hörte ich Gloria Baron in ihrem selbstbewußten, königlichen Tonfall sagen. Es wurde still im Raum, und der Bürgermeister sah sie höflich an.

„Bitte, Mrs. Baron. Wir freuen uns immer über einen Beitrag von Ihnen."

„Welchen Einfluß werden die zusätzlichen Boote auf die Qualität des Wassers haben, das die meisten Leute, die am See wohnen, als Trinkwasser benutzen? Ist das bedacht worden?" Es gab einiges Kopfnicken und Murmeln.

„Nun, äh, ich glaube, ein paar Boote mehr machen auf einem See dieser Größe nichts aus", sagte Brand.

„Aber Sie haben selbst gesagt, daß der Freizeitpark jeden Sommer Tausende anziehen wird!" rief jemand.

„Und was ist mit den vielen Autos?" schrie eine andere Stimme. „Demnächst brauchen wir hier noch Ampeln."

Der Bürgermeister nahm Brand das Mikrophon ab und winkte mit den Armen wie ein Footballspieler, der seine Fans beschwichtigt.

„Das sind alles wichtige Fragen. Ich habe das Angebot von allen Seiten geprüft, glauben Sie mir. Der Verkehr zur Anlage wird umgeleitet, damit er unsere Hauptstraßen nicht verstopft. Die meisten werden mit Campingautos kommen und zu Fuß in die Stadt gehen, wenn sie sich da draußen eingerichtet haben. Der Freizeitpark wird Elektroboote vermieten, keine mit Benzinmotor, so daß die Wasserqualität nicht im geringsten beeinträchtigt werden dürfte."

„Aber was ist mit den Leuten, die ihr eigenes Boot bringen?" fragte Sadie Long und stand auf. „Soll das heißen, daß Sie bald Vorschriften machen werden, was für eine Art Boot auf dem See benutzt werden darf?"

„Natürlich nicht." Der Bürgermeister klang nun leicht beunruhigt.

„Wie können Sie dann garantieren, daß die Qualität des Wassers nicht leidet?" wollte Sadie wissen.

Bevor er eine Antwort formulieren konnte, stand Susie Popps, eine lebhafte Häuser- und Grundstücksmaklerin, auf, ging zur Bühne und nahm dem Bürgermeister das Mikrophon aus der Hand.

„Sie vergessen das Allerwichtigste!" sagte sie. Es wurde ganz still, und Susie fuhr fort, wobei sie ihre Worte mit eindrucksvollen Gesten unterstrich.

„Sie werden hier mit Werbesprüchen verschaukelt." Sie blickte in die Runde. „Mr. Mack sagt, daß es der Stadt gut tun wird. Die Geschäfte werden besser gehen, weil die Touristen ihr schwer verdientes Geld in Cedar Hills ausgeben werden. In Wirklichkeit werden sie es in diesem

Freizeitpark ausgeben. Die beiden Männer hier sind gewiefte Verkäufer, ich glaube, manche sind auf sie reingefallen. Denken Sie nach. Sie haben ihren eigenen Waschsalon, ihre eigene Tankstelle, ihren eigenen Mini-Markt, ihr eigenes putziges Restaurant, ihr eigenes Geschäft für Anglerbedarf, ihren eigenen Bootsverleih. Warum sollte irgend jemand in die Stadt kommen? Sie werden unseren See benutzen, mehr nicht. Das bedeutet, daß Fremde mit Wasserskiern und Rennbooten herumrasen, ihren Abfall in den See werfen und sich keinen Deut um die scheren, die hier leben. Es wird mehr Bootsunfälle geben, und Ruhe und Frieden werden dahin sein. Wer wird von dieser Anlage profitieren? Ich nicht. Die Geschäftsleute nicht. Die Restaurantbesitzer nicht. Der Eisenwarenladen nicht. Die Besitzer der Anlegeplätze nicht. Nicht mal die Tankstelle! Die einzigen, die vom Freizeitpark profitieren werden, sind die Touristen, die in Scharen bei uns einfallen, und diese beiden Herren, die noch reicher werden, als sie schon sind. Ich kann beim besten Willen nicht verstehen, warum Mr. Mack uns die Sache schmackhaft machen will. Ich sehe die Dinge anders."

Nun brach wilder Applaus los, und Bürgermeister Macks Gesicht wurde erschreckend dunkelrot. Ich sah in seinem Nacken eine blaue Vene pulsieren.

Gus Townsend, ein Ratsmitglied, stand auf und rief in den Lärm: „Ich bin ganz auf Susies Seite. Ich sage hier öffentlich, daß ich gegen den Vorschlag stimme."

„Nun, Gus", sagte Mack McKenzie, der Susie das Mikrophon entwunden hatte. „Hier wird nicht formal abgestimmt. Hier soll das Thema nur diskutiert und Antwort auf die Fragen und Bedenken gefunden werden, die manche Leute vorbringen."

„Ich stimme auch dagegen", sagte Gloria Baron und stand auf. „Und ich finde, es ist genau der richtige Zeitpunkt für eine Abstimmung."

„Mit mir können Sie auch nicht rechnen", sagte Sam Pratt. „Ich bin ganz Susies Meinung. Ich habe das Gefühl, wir sollen mit der Geschichte überrumpelt werden, und weiß nicht mal warum. Außerdem ist es mein Trinkwasser. Ich will nicht noch mehr Boote auf dem See, als es ohnehin schon gibt. Ich stimme mit nein."

Und so ging es weiter. Sämtliche Ratsmitglieder äußerten ihre Bedenken und stimmten gegen das Vorhaben. Macks Gesicht war fast violett, und ich fragte mich, ob jemand im Saal eine Herzmassage durchführen konnte, weil ein Infarkt nicht mehr ausgeschlossen schien. Brand und Sisson schienen ebenfalls von der Wendung verblüfft. Alle drei standen hilflos mit offenen Mündern auf der Bühne. Eine weibliche Stimme von ganz hinten bewahrte sie davor, ihre Niederlage zugeben zu müssen.

„Jetzt, wo dieser Unsinn erledigt ist, was ist los mit dem Eindringling?"

Es wurde wieder laut, ich hörte mehrere Leute meinen Namen rufen. Ich stand auf und drängte mich zur Bühne, wobei ich vermied, den Bürgermeister anzusehen, der mich mit unverhülltem Zorn anstarrte. Es war nicht meine Schuld, daß die Stadt gegen sein Lieblingsprojekt gestimmt hatte. Warum war er so wütend auf mich? Ich nahm das Mikrophon, und die drei Männer stampften von der Bühne.

„Für diejenigen, die mich nicht kennen. Mein Name ist Cassidy James. Ich bin Privatdetektivin, und wie viele von Ihnen wissen, suche ich den Mann, der in dieser Stadt seit einiger Zeit Frauen terrorisiert. Vielleicht sind heute abend

Frauen hier, die mir bei dieser Arbeit helfen könnten, die sich aber zu sehr schämen oder Angst haben, daß ihr Name bekannt wird. Ich kann Ihnen jedoch absolute Anonymität zusichern." Es war so still, daß ich die Uhr an der hinteren Wand ticken hörte. „Dieser Mann ist ein Feigling. Er terrorisiert Frauen, wenn sie sich nicht wehren können. Und er versteckt sich hinter einer Maske. Vielleicht ist er verheiratet, vielleicht hat er Kinder. Es kann sogar sein, daß eine von uns hier mit ihm verheiratet ist und keine Ahnung von seinen Aktivitäten hat."

Manche schnappten nach Luft, es war ihnen unbehaglich, aber sie hielten ihre Augen auf mich geheftet.

„Er sieht wahrscheinlich ganz normal aus und verhält sich ganz unauffällig, außer natürlich wenn er in die Häuser der Frauen eindringt. Deshalb braucht es Ihnen nicht peinlich zu sein, wenn Ihr Verdacht auf einen Bekannten fällt. Sie können nichts dafür, daß Sie nichts wußten. Wie sollten Sie auch? Er kann gut lügen. Er hat Geheimnisse und kann sie hüten. Wir wissen, welches Rasierwasser er benutzt. Old Spice. Wir wissen, daß er eine Art elektrisches Gerät verwendet, eine Betäubungspistole oder vielleicht einen elektrischen Schlagstock, wie er beim Vieh verwendet wird." Es gab einige erstaunte Ausrufe, dann wurde es wieder still. „Er ist Rechtshänder. Er trägt einen hellen Jogginganzug und weiße Gummihandschuhe. Er ist ziemlich groß. Äußerlich wirkt er ruhig, aber er hat ein aufbrausendes Temperament. Vielleicht hat er auch einen auffallenden Körpergeruch."

Kichern kam auf, legte sich aber gleich wieder.

„Es gäbe noch mehr über diesen Mann zu sagen, aber ich möchte noch nicht alle meine Karten auf den Tisch legen. Ich bitte Sie, jede und jeden von Ihnen, scharf nachzudenken. Ich werde nun drei Daten und Uhrzeiten nennen, und ich möchte, daß Sie die aufschreiben oder sich merken. Weil zu diesen Zeiten ein Mann in die Häuser von Frauen eindrang. Und wenn jemand, den Sie kennen, für alle drei Zeitpunkte kein Alibi hat, dann melden Sie sich bitte. Ich weiß, daß das schwerfällt. Niemand möchte zugeben, daß jemand, den man mag oder gar liebt, der Eindringling sein könnte. Ich glaube jedoch nicht nur, daß der Mann in Cedar Hills lebt, ich glaube, er ist hier im Raum."

Heftiges Gemurmel, der Raum füllte sich mit Spannung.

„Woher wollen Sie das wissen?"

„Wer sind Sie, Leute so zu verdächtigen?"

„Was können wir tun?"

Von allen Seiten drangen die Stimmen auf mich ein, und ich bemühte mich, die Menschen wieder zu beruhigen. Dann nannte ich drei Daten und Uhrzeiten und wiederholte sie mehrmals. „Fragen Sie sich: Gibt es einen Arbeitskollegen, der an diesen Tagen früher nach Hause gegangen ist? Hat sich mein Mann an diesen Tagen seltsam verhalten? Fragen Sie sich: Kenne ich jemanden, auf den die Beschreibung des Mannes paßt? Wenn die Antwort positiv ausfällt, bitte ich dringend um Ihren Anruf."

Ich blickte zu Booker, und der nickte zustimmend. Ich wußte, daß es riskant war, so viele Informationen peiszugeben, aber ich wollte noch weiter gehen: „Jetzt bitte ich die Männer, den Raum zu verlassen."

Schockiertes Schweigen.

„Nur für kurze Zeit", fuhr ich fort. „Bitte. Ich möchte den Frauen etwas mitteilen und zwar nur den Frauen."

Es war interessant, die verlegene Prozession zu betrachten. Manche Männer lachten nervös. Andere maulten. Wieder andere schienen es eilig zu haben und waren offensichtlich erleichtert, entlassen zu sein. Als der Raum schließlich männerfrei war, ging ich an den Rand der Bühne und ließ das Mikrophon weg. Als ich aufblickte, sah ich zu meiner Überraschung Maggie hinten an der Wand stehen. Sie lächelte, und mir wurde die Kehle eng. Ich sprach so leise, daß sich die Frauen vorbeugen mußten, um mich zu hören.

„Ich weiß, daß hier keine glauben möchte, ihr Ehemann, Freund oder Sohn könnte der sein, der Frauen terrorisiert. Mit hoher Wahrscheinlichkeit gibt es aber eine unter uns, wenn nicht gar mehrere, die diesem Mann sehr nahe stehen. Und ich glaube ferner, daß Frauen hier sind, die von ihm terrorisiert wurden und es niemandem erzählt haben, weil sie sich schämten oder fürchteten. Ich kann Ihnen nur sagen, Sie sind nicht allein. Und schämen müssen nicht Sie sich, sondern er. Es ist kein Verbrechen, Opfer zu sein. Ich werde Ihnen etwas mitteilen, das ich vor den Männern nicht sagen wollte. Denn wenn Sie mit diesem Mann leben oder ihm nahestehen, kann es für Sie gefährlich sein, wenn er weiß, daß Sie diese Einzelheit kennen. Ich bitte Sie, folgende Information unter uns Frauen zu lassen."

„Was ist es denn?" fragte Susie Popps ungeduldig.

„Es kann sein, daß der Mann, den wir suchen, gern Frauenunterwäsche trägt, besonders Strümpfe." Ich war mir dessen noch gar nicht sicher, wollte die Möglichkeit aber nicht ausschließen. „Zumindest scheint er einen unendlichen Vorrat an Strumpfhosen zu besitzen, die so groß sind, daß sie einem Mann passen. Übrigens, die hier sind von der gleichen Marke und Größe." Ich hielt die

Schachtel mit den L'eggs-Strumpfhosen in die Höhe und ließ sie herumgehen. „Vielleicht nimmt er sie aus der Schublade seiner Frau, vielleicht kauft er sie selbst. Wie auch immer, er versteckt sie möglicherweise an einem geheimen Platz, zusammen mit der Waffe und den Sachen die er den Frauen, die er heimsucht, entwendet." Ich machte eine Pause. „Bitte denken Sie darüber nach. Hat Ihr Mann ein Versteck, das er verschlossen hält? Hat er Sie mal mit Strümpfen gefesselt oder gebeten, gefesselt zu werden? Hat er Sie je mit einem Gürtel geschlagen? Oder damit gedroht? Oder auf ein anderes Objekt eingeschlagen, wenn er wütend war auf Sie?"

Eine beklemmende Stille hing im Raum. Manche schüttelten den Kopf, offensichtlich erleichtert, daß die Beschreibung auf ihre Männer nicht zutraf. Aber nicht alle waren beruhigt.

Plötzlich stand Wanda Pearson auf, die den Imbißstand betrieb. „Er ist in mein Haus gekommen." Alle schwiegen verblüfft, und sie fuhr fort: „Ich habe keiner Menschenseele davon erzählt. Er kam mit einer Skimütze über dem Kopf, und er, er hat mich gefesselt, und dann, dann, oh, es ist zu schrecklich!" Die Frauen sahen sie an, halb erschrocken, halb mitleidig.

„Wann war das?" fragte ich.

„Erst vor zwei Wochen", sagte sie, dann brach sie zusammen. Die Zeitabstände zwischen den Attacken verringerten sich offensichtlich.

„Ich wurde auch heimgesucht", sagte nun Janet Sawyer und stand auf. „Ich wollte zur Polizei gehen, aber ich schämte mich so. Er hat meine ganze Unterwäsche in Fetzen zerschnitten. Ich konnte es nicht mal meinem Mann erzählen, aber nun werde ich es tun. Ich dachte, ich wäre die einzige. Ich hatte Angst, er würde wiederkommen!"

Die Frauen hatten Tränen in den Augen, mich eingeschlossen.

Zu meiner Überraschung stand Sadie Long auf. Es wurde ganz still. „Ich wurde vor zwei Jahren terrorisiert und habe nichts davon erzählt. Aber es ist der gleiche Mann. Cassidy zufolge hat er sich nicht verändert. Er wird nur noch gefährlicher."

Die Frauen sahen sich erwartungsvoll um. Es fing an, einem Meeting der Anonymen Alkoholiker zu gleichen, und das hatte ich nicht beabsichtigt.

„Alle, die sich jetzt gemeldet haben, sind wirklich sehr mutig gewesen. Aber bitte, meine Damen, fühlen Sie sich nicht gedrängt. Sie können mich auch anrufen, wenn Ihnen das lieber ist. Ich weiß, wie schwer es ist."

„Nein, Cassidy." Das war Lizzie. „Du kannst es nicht wissen, bis es dir selber passiert ist." Ihre Stimme zitterte. „Das Scheusal hat mich vor ein paar Tagen überfallen. Ich bin es, die Cassidy gerufen hat. Ich war zu feige, zur Polizei zu gehen. Ich fürchtete mich vor der Meinung der Leute, wenn sie erfahren, was ich durchgemacht habe. Ich wollte kein Mitleid. Ich war sogar zu feige, Cassidy alles zu erzählen, was das Scheusal gemacht hat. Aber jetzt fürchte ich mich nicht mehr. Ich bin nur noch wütend." Selbst aus der Entfernung konnte ich die wilde Entschlossenheit in ihren Augen lesen.

Was dann geschah, war wirklich erstaunlich. Die Frauen, die sich gemeldet hatten, waren alle stehengeblieben und wurden nun von den anderen Frauen umringt, alle umarmten sich gegenseitig und boten ihre Hilfe an. Fast wie auf einer Beerdigung, dachte ich. Es gab ein Gefühl der Verbundenheit, wie es sich anscheinend nur angesichts einer Tragödie entwickelt. Es war vielleicht ernüchternd, aber ich hatte das Gefühl, daß wir zum Schluß kommen sollten. Ich blickte zu Maggie, und sie nickte zustimmend. Sie hätte mit dieser Sache viel besser umgehen können als ich, aber es war meine Angelegenheit, und ich mußte so gut wie möglich damit zurechtkommen. Ich konnte Leute aufrütteln. Wie ich sie wieder beruhigen sollte, wußte ich nicht so recht.

„Bevor wir auseinander gehen", sagte ich, „muß ich Sie warnen. Dieser Mann steigert anscheinend seine Aktivitäten. Jetzt, nachdem ich ihn lächerlich gemacht und einen Feigling genannt habe, ist er wahrscheinlich noch gereizter. Und er ist bereits ziemlich gereizt. Bitte seien Sie vorsichtig. Schließen Sie Ihre Tür ab und bitten Sie jemanden, Sie zu begleiten, wenn Sie einkaufen gehen. Aus irgendeinem Grund, den wir nicht kennen, attackiert er Frauen gern, wenn sie von McGregors Geschäft zurückkommen. Und wenn Ihnen etwas einfällt, das hilfreich sein könnte, rufen Sie mich bitte an. Wenn Sie jemanden verdächtigen, den Sie kennen, sei es Ihr Mann oder Sohn oder sonst jemand, stellen Sie ihn nicht zur Rede. Rufen Sie mich an."

Draußen warteten die Männer auf uns, ihre Gesichter besorgt und neugierig. Ich sah Booker und ging auf ihn zu, aber Mack stellte sich mir in den Weg.

„Ich hoffe, Sie sind zufrieden", knurrte er. „Es ist Ihnen gelungen, an einem einzigen Tag jede Chance dieser Stadt, etwas aus sich zu machen, zu ruinieren. Jetzt haben alle Angst. Wie Sie es darstellen, kann keine Frau hier dem eigenen Ehemann trauen. Sie wären wohl glücklich, wenn jede Frau ein männerhassendes lesbisches Luder wäre wie Sie."

„Hör auf damit, Dad“, sagte Tank, der neben seinen Vater getreten und dem dieser Ausbruch sichtlich peinlich war.

„Tut mir leid, daß Sie es so sehen, Mr. Mack. Mir ist nur an der Sicherheit der Frauen gelegen. Das sollte auch Ihr Hauptanliegen sein, denke ich.“

„*Ich* denke, daß Sie sich in die falsche Sache verbeißen und nicht sehen, welchen Schaden Sie der Stadt zufügen.“ Die kleine Vene im Nacken pulsierte gefährlich.

„Dad, sie will ja nur helfen. Was, wenn es Mom getroffen hätte? Wenn du es so siehst...“ Er konnte seinen Satz nicht beenden. Sein Vater warf ihm einen vernichtenden Blick zu, und schon hielt er den Mund.

„Wenn ich deine Meinung hören will, werde ich dich danach fragen“, zischte er. Er drängte Tank zur Seite und stürmte davon.

„Tut mir leid“, sagte Tank und studierte seine Schuhspitzen. Er war bei der Beleidigung seines Vaters rot geworden, und er tat mir leid. Im Schatten dieses beherrschenden Mannes hatte er es sicher nicht leicht.

„Schon gut“, sagte ich. „Ich weiß, daß er sich eigentlich wegen des Freizeitparks aufregt. A propos, wissen Sie, wann Sisson und Brand sich erstmals für Cedar Hills interessierten? Jemand hat gesagt, daß sie das schon ziemlich lange planen.“

„Einige Jahre bestimmt. Ich erinnere mich, daß sie hier waren, als der Damm geplant wurde, und abwarten wollten, wie sich die Sache entwickelt, bevor sie sich festlegten. Jetzt sieht es aus, als hätten sie viel Zeit vergeudet. Dad hat sie davon überzeugt, daß die Stadt von dem Freizeitpark entzückt sein würde. Ich glaube, er war völlig überrascht, daß die Leute heute so reagiert haben.“

„Nun, Sie scheinen darüber nicht allzu verärgert zu sein“, bemerkte ich.

„Ehrlich gesagt“, er zupfte sich am Ohrläppchen, „es ist ganz nett, ihn einmal verlieren zu sehen. Aber erzählen Sie ihm nicht, daß ich das gesagt habe.“ Er lächelte schüchtern und ging seinem Vater nach. Ich sah mich nach Brand und Sisson um, als mich jemand am Ellbogen berührte. Ich drehte mich um und blickte in Maggies wunderbare Augen.

„Das hast du gut gemacht“, sagte sie. „Ich entschuldige mich, daß ich mich wie eine Idiotin verhalten habe. Ich hätte nicht aus dem Restaurant weglaufen sollen. Ich hatte kein Recht, so mit dir zu reden.“ Als ich antworten wollte, legte sie ihre Hand auf meinen Arm. „Hör zu, manche dieser Frauen brauchen vielleicht eine Beratung, Cass. Ich konnte es vorhin nicht sagen, aber ich biete meine Dienste an. Der Kerl hat offensichtlich ernsthaften psychischen Schaden verursacht. Ruf mich an, dann können wir uns etwas überlegen.“ Sie wandte sich ab und wollte gehen.

„Maggie, warte.“ Ich ging mit ihr ein Stück weg von der Menge. „Zu dem, was du vorhin gesagt hast. Du hast recht. Es gibt tatsächlich ein paar Dinge, die ich verarbeiten muß. Aber das ändert nichts an meinen Gefühlen für dich.“

„Das weiß ich, Cass. Es schränkt aber die Gefühle ein, die ich mir für dich erlaube. Das heißt nicht, daß wir keine Freundinnen sein können. Ruf mich an.“

Ich sah ihr nach und versuchte, den Kloß in meiner Kehle hinunterzuschlucken.

13

In dieser Nacht schlief ich unruhig. Beim leisesten Geräusch draußen wurde ich wach. Dreimal strich ich durchs Haus, um die Schlösser zu überprüfen und im mondlosen Dunkel nach möglichen Einbrechern Ausschau zu halten. Erst in den frühen Morgenstunden fiel ich in Schlaf, und selbst dann hinderten mich meine Träume am wirklichen Ausruhen.

In einem der Träume gingen Maggie und ich im Wald spazieren. Die Wipfel der riesigen Bäume über uns, mit ihren duftenden Nadeln, verdunkelten fast die Sonne. Wir gingen einen Kiesweg entlang, hielten uns an den Händen und genossen die Schönheit der Natur. Plötzlich ging Maggies Pieper los.

„Verdammt", murmelte sie.

„Kann das nicht warten?" Ich zog sie an mich, aber ihre grünen Augen wurden schmal, und sie schüttelte den Kopf.

„Ich habe eine Klientin, die sehr instabil ist", sagte sie und drehte sich bereits um. „Warte auf mich unten am Fluß. Wenn ich innerhalb von fünfzehn Minuten nicht zurück bin, mußte ich gehen."

„Aber", fing ich an und sah sie um eine Wegbiegung verschwinden. Aus irgendeinem Grund waren meine Füße festgewurzelt, ich konnte ihr nicht folgen.

Verärgert ging ich den Weg weiter zum gurgelnden

Fluß. Ich kam näher, und das Geräusch des fließenden Wassers machte mich unerträglich durstig. Ich fing an zu laufen.

Als ich an die letzte Biegung kam, blieb ich stehen. Am Fluß, auf einer weißen Satindecke, saß mit dem Rücken zu mir eine Frau, die Beine untergeschlagen. Sie trug eine königsblaue Seidenrobe mit losem Gürtel, eine gebräunte Schulter war halb dem tanzenden Sonnenlicht ausgesetzt.

Das Herz fing plötzlich heftig an zu pochen, und mein Mund, schon ganz ausgedörrt, schmerzte vor Drang nach Feuchtigkeit. Ich wollte einen Satz machen, da drehte sie sich um, und mein Herz setzte einen Schlag aus. Die Frau war Erica Trinidad.

Sie lächelte provozierend und deutete auf den Platz neben sich auf der Satindecke. Ich schüttelte den Kopf und trat ängstlich einen Schritt zurück.

„Komm her", sagte sie mit leiser, sinnlicher Stimme. „Ich habe etwas für dich."

Ich blieb stehen und schüttelte den Kopf.

„Ich habe, was du dir wünschst", sagte sie drängender. Ihr Gewand hatte sich geöffnet, ließ üppige Brüste sehen und die aufrecht stehenden Nippel. Ich schluckte hart, es tat weh. Sie lachte, griff in einen strohfarbenen Korb und zog eine große Kokosnuß heraus, aufgeschnitten und voller Milch. Sie reichte sie mir, ein unschuldiges Angebot.

Ich machte mich zögernd auf den Weg und kniete auf einmal vor ihr. Sie wollte die Kokosnuß nicht aus der Hand geben, sondern hielt sie mir hin, während ich gierig trank und meine Hände die ihren bedeckten.

Die Milch der Kokosnuß nahm kein Ende, ich trank und trank. Als ich schließlich genug hatte, entfernte ich meine Lippen. Sie waren von Milch umrandet, und Erica streckte die Hand aus, um sie mit ihren Fingern abzuwischen. Als sie die Finger in ihren Mund steckte, stöhnte ich vor Verlangen.

„Hier", sagte sie. Sie tauchte den Finger in die Kokosnuß, rührte darin und legte dann ihren Finger an meine Lippen. Ich sog durstig daran, und das überraschte mich selbst. Meine Augen waren geschlossen, ich wollte jeden Tropfen der köstlichen Flüssigkeit von ihren Fingern lecken. Als ich die Augen öffnete, sah ich überrascht, daß sie ihre Brust in die offene Kokosnuß gesteckt hatte, und als sie sie wieder herausnahm, war sie weiß gerändert und tropfend vor Milch.

Gehorsam bewegte ich meine Lippen an ihre Brust. Ich verlor mich in unersättlichem Drang, und je mehr ich trank, desto durstiger schien ich zu werden. Ich stöhnte vor Gier und Vergnügen und konnte so kaum hören, was Erica sagte.

Schließlich verstand ich ihre heiser gesprochenen Worte: „Hier", sagte sie. „Trink von hier."

Ich blickte auf und sah, daß sie ihr Gewand nun ganz abgestreift hatte, mein Herz machte einen gefährlichen Sprung. Sie berührte ihre Hüfte und ließ die Finger verlangend zu dem gewissen Punkt wandern.

Die Kehle wurde mir eng, das Begehren so tief und unerträglich, daß ich fast erstickte. Als meine Hände über ihre weiche Haut streiften, hörte ich plötzlich das ununterbrochene Piepsen von Maggies Apparat. Ich kämpfte mich von der Leidenschaft frei, die mich fast überwältigt hatte, und als es mir gelungen war, merkte ich, daß das Telefon klingelte.

14

„Susie Popps ist tot."

„Was?" Das Telefon hatte mich aus tiefem Traum gerissen.

Bookers Stimme klang müde. „Die Nachbarn hörten heute nacht Schreie. Als ich dazu kam, war es zu spät."

Ich sah auf meine Uhr. Es war kurz vor sechs.

„Wie?" krächzte ich. „Wo?"

„Ich fürchte, es ist dein Eindringling, Cass. Letzte Nacht ist er endgültig ausgerastet."

In meinem Kopf drehte es sich. Er meinte wohl, ich hätte ihn mit meiner Rede zum Ausrasten gebracht. Ich war für Susie Popps Tod verantwortlich. Plötzlich wurde mir übel.

„Wie ist sie gestorben?"

„Erstochen. Der Gerichtsmediziner von Kings Harbor schätzt, mit mindestens dreißig Stichen. Martha ist hier, seit drei Uhr schon. Diesmal hat er Spuren hinterlassen."

„Wo sind Sie?" fragte ich, „Ich komme sofort."

„Es gibt hier nichts zu sehen für Sie, Cass. Ich wollte nur nicht, daß Sie es von anderer Seite hören."

Ich verstand, was er meinte. Innerhalb einer Stunde würde die ganze Stadt wissen, was passiert war. Und alle würden ganz genau wissen, wer den Mann zum Ausrasten gebracht und zum Mörder gemacht hatte.

„Scheiße!" sagte ich.

„Ganz meine Meinung“, stimmte er zu. „Hören Sie, ich schicke Martha zu Ihnen. Vielleicht sind Sie in Gefahr.“

„Durch wen?“ fragte ich kalt. „Den Mörder oder die Leute von Cedar Hills?“

„Aber Cass“, sagte er. „Ich wußte, daß Sie so reagieren würden. Es ist nicht Ihre Schuld. Nach dem, was Sie gesagt haben, hat er das Gleichgewicht verloren. Es mußte soweit kommen. Außerdem glaube ich zu wissen, warum er sie getötet hat. Ich will sagen, daß er nicht vorhatte zu töten.“

„Wie meinen Sie das?“ Als er nicht sofort antwortete, wiederholte ich die Frage. Ich war verzweifelt.

Er holte tief Luft. „Ich glaube, sie hat ihn gesehen und erkannt. Er konnte sie nicht am Leben lassen.“

Das war Bookers Art, mir einen Rettungsring zuzuwerfen. Ich ergriff ihn und hielt ihn mit aller Macht fest.

„Woher wissen Sie das?“

„Drei der Strümpfe, die er als Fesseln benutzt hatte, waren noch festgebunden. Sie hatte es geschafft, einen vom Bettpfosten loszureißen. Raten Sie, was ihre Hand, die sie losreißen konnte, umklammerte? Eine schwarze Skimaske.“

„Sie glauben, daß sie sich losgemacht und ihm die Maske vom Kopf gerissen und er sie deshalb umgebracht hat?“ Ich fühlte mich unendlich erleichtert. Vielleicht war es doch nicht meine Schuld. Bitte, lieber Gott, dachte ich, laß mich nicht an Susies Tod Schuld sein.

„Er hat nie zuvor getötet, Cass. Es muß etwas passiert sein, das ihn diese Linie überschreiten ließ. Vielleicht hat er sich gesteigert, und die Rede gestern abend hat ihn aufgeheizt, aber wenn Susie sein Gesicht nicht gesehen hätte, wäre sie noch am Leben, davon bin ich fest überzeugt.“

Aber wenn ich ihn nicht „aufgeheizt“ hätte, dachte ich, wäre er vielleicht überhaupt nicht zu Susie gegangen.

„Ich habe die Maske ins Labor geschickt, um sie auf Haare untersuchen zu lassen. Ich habe selbst auch gründlich gesucht, aber keine gefunden. Man sollte denken, daß wenigstens ein, zwei Haare zu finden wären.“

„Nicht wenn er kahl ist“, sagte ich.

„Wie bitte?“

Ich erzählte ihm von der letzten Anruferin, die gesagt hatte, daß der Angreifer vielleicht kahlköpfig war.

„Warum haben Sie das nicht früher gesagt?“ schrie er.

„Und Tank McKenzie zufolge“, überging ich seinen Ausbruch, „waren Sisson und Brand vor zwei Jahren in Cedar Hills, als die Geschichte mit dem Damm aktuell war. Damals kam auch der erste Überfall vor.“ Ich mußte ihn nicht daran erinnern, daß beide Männer fast kahl waren.

Er schwieg eine Zeitlang. Ich sah ihn vor mir, wie er seinen Schnurrbart strich, was er immer tat, wenn er konzentriert nachdachte.

„Vielleicht hat einer der beiden gedacht, das wäre doch ein nettes Abschiedsgeschenk für Cedar Hills“, sagte ich.

„Verdammt, Cassidy. Wenn es einer der beiden ist, sind sie womöglich längst abgefahren. Wenn sie verschwunden sind, schreibe ich beide zur Fahndung aus. Ich will die verdammten Typen hier haben und verhören.“

„Es wäre sicher eine Hilfe, wenn Sie ein solides Beweismittel in der Hand hätten“, sagte ich.

„Habe ich!“ Er klang beinahe fröhlich. „Susie Popps, ihre Seele ruhe in Frieden, muß ziemlich gekämpft haben. Der Gerichtsmediziner fand Hautfetzen unter ihrem Zeigefingernagel. Wir können nicht nur Blutgruppen vergleichen, es bestehen auch gute Chancen, daß der Mörder einen netten kleinen Kratzer abgekriegt hat.“

Ich erzählte Booker von den Haaren, die ich im Abfluß von Lizzies Badewanne gefunden hatte, und versprach, sie Martha zu geben, damit sie sie ins Labor schicken konnte. Booker ermahnte mich, zu Hause zu bleiben und meine Waffe griffbereit zu haben, für den Fall, daß der Mörder hinter mir her war. Ich erzählte ihm nicht, daß ich sie immer bei mir trug, seit ich die Stimme des Mannes auf meinem Anrufbeantworter gehört hatte. Ich hatte Booker nichts von dem Anruf erzählt. Es hat keinen Sinn, alle zu beunruhigen. Aber als Booker aufgelegt hatte, fühlte ich mich sehr allein.

15

Martha kam, um bei mir Babysitterin zu spielen, und ich machte ihr Frühstück. Sie sah übel aus, hatte dunkle Ringe unter den Augen und warf immer wieder einen sehnsüchtigen Blick auf meine Couch. Sie brauchte Schlaf.

„Hier“, sagte ich und stellte ihr einen Teller hin. Sie hatte um Toast gebeten, den ich aus extrasaurem Sauerteig herstellte. Ich beobachtete, wie sie Schwarze Johannisbeermarmelade, Zitronenjoghurt und Puderzucker drauflud. Martha war ein Leckermaul. Einmal im Leben war ich nicht hungrig. Ich sah ihr beim Essen zu und nippte an meinem Kaffee.

„Wenn es einer der beiden ist, auf welchen würdest du wetten?“ fragte ich. Ich erzählte ihr von Sissons Neigung zum Schwitzen, was den Körpergeruch erklären könnte, von dem einige Frauen berichtet hatten. „Und er hat einen gezwirbelten Schnurrbart“, sagte ich. Martha hob eine Augenbraue, aß aber ruhig weiter. „Mal ehrlich, Martha, würdest du einer Person mit einem gezwirbelten Schnurrbart vertrauen?“

„Ich versuche so zu tun, als hätte ich nichts gehört“, sagte sie kopfschüttelnd. „Die sind verdammt gut. Willst du wirklich nichts?“

„Ich bin ehrlich deprimiert wegen Susie Popps. Es ist noch gar nicht richtig bei mir angekommen. Ich kann nicht glauben, daß sie tot ist.“

„Glaub mir. Sehr tot.“

Manchmal hatte ich den Eindruck, daß sich Martha als Cop langsam veränderte. Sie flüchtete immer häufiger in eine Art schwarzen Humor, den wahrscheinlich nur andere Cops zu schätzen wußten.

Ich wollte uns eben frischen Kaffee machen, da klingelte das Telefon. Der erste einer langen Reihe von Anrufen.

„Für dich“, sagte ich. „Booker.“

Ich versuchte zu lauschen, aber Martha sagte nicht viel. Als sie auflegte, legte sie die Stirn in Falten. „Vielleicht hast du recht mit den Schnurrbärten.“

„Warum? Was ist los?“

„Wenn es einer von den beiden war, dann nicht Brand. Er wurde in seinem Hotelzimmer aufgestöbert, wo er einen Rausch ausschlief. Sagt, er sei bis zwei Uhr früh an der Bar der Lodge gewesen. Der Barkeeper bestätigt das. Wir können ihn wohl von der Liste streichen.“

„Was ist mit Sisson?"

„Nirgends zu finden. Brand weiß nicht, ob er letzte Nacht in der Stadt verbracht hat oder nicht. Sie sind nach der Bürgerversammlung wohl ein wenig aneinander geraten und dann getrennte Wege gegangen. Booker erkundigt sich am Flughafen in Kings Harbor und bei der Mietwagenagentur. Er will, daß ich alle Flughäfen entlang der Küste überprüfe, auch die in Portland und Eugene. Wird ein langer Tag werden." Sie unterdrückte ein Gähnen, kam dann zu mir und umarmte mich. „Kommst du auch wirklich allein zurecht?"

Ich versicherte ihr, daß ich mich ganz sicher fühlte, gab ihr die Tupperschüssel für das Labor und begleitete sie zur Anlegestelle. Ich blickte zum Himmel und wunderte mich, wie der Himmel so dick mit Regenwolken verhangen sein konnte, ohne daß ein Tropfen fiel.

Als Martha weg war, ging ich mit großen Schritten im Wohnzimmer auf und ab, bis ich den Mut fand, Maggie anzurufen. Ich wußte nicht recht, was ich ihr erzählen wollte, nur, daß ich ihre Stimme hören mußte. Doch als sie nach dem vierten Klingeln nicht antwortete, legte ich auf, weil ich keine Nachricht hinterlassen wollte. Was sollte ich auch sagen? Sie hatte von Anfang an klargemacht, daß sie nicht an einer Frau interessiert war, die noch an einer anderen hing. Und genau das hatte ich zugegeben. Wer behauptet, Ehrlichkeit sei immer der beste Weg, war offensichtlich nie in zwei Frauen gleichzeitig verliebt.

Ich rief die Frauen an, die sich bei der Versammlung gemeldet hatten, fragte sie nach Einzelheiten der Überfälle und fügte die meinen Listen hinzu. Den Rest des Tages raste ich immer wieder ans Telefon, und am frühen Nachmittag glich mein Ohr langsam einem Blumenkohl. Ich notierte sorgfältig alle Anrufe, obwohl die meisten nicht so ergiebig waren, wie ich gehofft hatte. Ich sortierte die Anrufe in drei Kategorien: solche mit Informationen über Leute, die für die fraglichen Tage und Zeiten kein Alibi hatten; solche, die den neuesten Stand der Dinge erfahren wollten; solche, die wissen wollten, ob ich schon von Susie Popps gehört hatte. In dieser Sache betrachtete sich anscheinend jede Frau in der Stadt als meine persönliche Assistentin. Was eigentlich ganz nett war, aber ich war mir nicht sicher, ob es mich der Identität des Täters näher brachte.

Wenn gerade kein Anruf kam, arbeitete ich an meinen Listen und versuchte festzustellen, von wie vielen Opfern ich tatsächlich wußte. Neben Lizzie und Sadie waren es die zwei Klientinnen von Maggie, dann Gloria Baron, die beiden Frauen, die sich auf der Versammlung gemeldet hatten, und die zwei, die mir aufs Band gesprochen hatten. Und dann natürlich Susie Popps.

Angenommen, keine von denen, die sich mit mir in Verbindung gesetzt hatten, war Maggies Klientin, und angenommen, die beiden Anruferinnen waren nicht die, die sich in der Versammlung gemeldet hatten, waren es zehn Opfer. Mindestens aber sechs. Und das waren nur die, von denen ich wußte.

Die bloße Anzahl von Opfern sagte langsam soviel über „meinen" Eindringling aus wie die Verbrechen selbst, dachte ich. Und er war nicht mehr nur ein Eindringling. Der Mann, den ich suchte, war zum Mörder geworden, vorausgesetzt, Susie Popps wurde nicht von einem Nachahmer umgebracht. Ich hatte bei der Versammlung genug Informationen gegeben, daß jemand das Verbrechen leicht nachmachen konnte. Ob Booker das bedacht hatte?

Ich wurde schon wieder von einem Anruf unterbrochen, und als ich mich meldete, krächzte eine rauhe Stimme: „Du bist die nächste!“

Es war nicht der Mörder, dennoch bekam ich am ganzen Körper eine Gänsehaut. Ich war so damit beschäftigt, die Stimme zu identifizieren, daß ich nicht hörte, wie sich ein Boot meiner Anlegestelle näherte. Als ich ein Geräusch am Eingang hörte, zuckte ich zusammen. Ich hatte nicht nur meine Pistole im Arbeitszimmer gelassen, auch die Tür war nicht abgeschlossen.

Zu meiner Erleichterung und Verwunderung sah ich Erica durch die Schiebetür spähen, beide Hände an die Scheibe gedrückt. Als sie mich erblickte, winkte sie.

„Ich wollte dir auf Wiedersehen sagen“, sagte sie, als ich öffnete. Der Regen hatte eingesetzt, ihr schwarzes Haar war feucht.

„Ich hole dir ein Handtuch. Komm doch rein.“

„Ich weiß, daß du dir Sorgen gemacht hättest, wenn ich gegangen wäre, ohne mich zu verabschieden“, fuhr sie fort und blieb am Eingang stehen. „Und wie ich dich kenne, machst du dir immer noch Vorwürfe, daß du mich niedergeschlagen hast. Ich will, daß du es vergißt. Ich habe es nicht anders verdient.“

Ich reichte ihr ein weißes Frotteehandtuch und sah zu, wie sie sich trockenrieb.

„Geht's dir gut?“ fragte sie und sah mich offen an.

„Ja, es geht mir gut. Warum auch nicht?“ Ich ging durchs Wohnzimmer in die Küche und setzte Wasser auf.

„Weil du schrecklich aussiehst.“

„Wohin gehst du?“ fragte ich, das Thema wechselnd.

„Wahrscheinlich zurück nach Los Angeles. Dort kann ich ebensogut schreiben wie hier.“

„Klar." In Los Angeles lebte ihre Filmregisseurin.

„Was soll ich noch hier?"

Ich nahm ein paar Teebeutel, hängte sie in zwei Tassen, übergoß sie mit kochendem Wasser und fügte Zitrone hinzu, ohne zu fragen. Als ich mich umdrehte, beobachtete Erica mich amüsiert.

„Was ist los?" fragte ich und reichte ihr eine Tasse.

„Oh, nichts." Sie ging ins Wohnzimmer und nahm auf dem Sofa Platz, als gehörte es ihr.

Gammon kam angetrapst, ließ sich in Ericas Schoß fallen und schnurrte schamlos. Panic, immer sofort eifersüchtig, sprang auf die Sofalehne und fing an, Ericas Haar zu beknabbern, während ich ganz allein gegenüber auf meinem blauen Lieblingsdrehstuhl saß.

„Womit hast du sie gefüttert?" fragte Erica und verlagerte Gammons Gewicht auf ihr anderes Bein.

„Sie ißt das gleiche wie Panic", antwortete ich defensiv. „Sie kann nichts dafür, daß sie einen Stoffwechsel hat wie eine Kuh."

„Sie nennt dich eine Kuh", sagte Erica zu Gammon mit einer Stimme, mit der man sonst zu Kindern spricht. „Aber du bist keine Kuh, nicht wahr? Du bist nur eine große dicke Pussykatze."

Gammon hatte offensichtlich Spaß an der Babysprache. Sie fing an, Ericas Hüfte zu kneten. Hoffentlich tat es weh. „Du bist nicht die einzige, die Gewicht zugelegt hat, stimmt's?" fuhr sie mit ihrem Singsang fort und löste vorsichtig Gammons Tatzen von ihrer Hüfte.

Ich versuchte immer noch ein süffisantes Lächeln zu unterdrücken, bis ich endlich begriff. „Was meinst du damit?"

„Hm?" murmelte Erica unschuldig lächelnd.

„Wer hat sonst noch Gewicht zugelegt?“ Als sie mit den Schultern zuckte, verschüttete ich beinahe meinen Tee. „Ich vielleicht? Meinst du, ich habe zugenommen?“ Ich konnte es kaum glauben.

„Nun, vielleicht ein wenig.“

„Wirklich?“ Ich stand auf und betastete meine Taille. Tatsächlich, meine Hose lag vielleicht ein klein wenig enger an als früher. Ich hatte den Wäschetrockner dafür verantwortlich gemacht.

„Wo?“ fragte ich mit aufsteigender Panik.

„An den richtigen Stellen, Cass. Glaub mir, es steht dir.“

Ich bemerkte, daß sie mich wohlgefällig betrachtete, und errötete. Da wandte sie schnell den Blick ab. Am liebsten wäre ich zum Spiegel gerannt. Es war mir nie in den Sinn gekommen, daß ich dick werden könnte. Erica fing an zu lachen.

„Das ist nicht lustig.“

„O doch“, sagte sie und konnte sich kaum halten.

Wider Willen fing auch ich an zu lachen.

„Das wußte ich ja gar nicht.“ Sie kicherte immer noch.

„Was denn?“

„Daß du so eitel bist!“ sagte sie amüsiert.

„Bin ich nicht“, behauptete ich.

„Bist du wohl!“

Ich setzte mich wieder hin und wunderte mich, daß mir nicht schon früher aufgefallen war, wie sich dabei der Stoff über der Hüfte spannte. Verdammt. Martha würde eine große Geschichte daraus machen.

„Also“, sagte sie und wechselte endlich das Thema. „*Machst* du dir?“

„Was soll ich mir machen?“

„Vorwürfe, daß du mich niedergestoßen hast?“

„Erica, es tut mir schrecklich leid. Ich wollte es wirklich nicht. Es ist einfach passiert. Ich würde es gern ungeschehen machen."

„Das hat O. J. Simpson vielleicht auch jedesmal gesagt, wenn er Nicole geschlagen hat."

„O Gott, so siehst du mich?" Das war eine schwache Antwort, und sie wußte es.

„Natürlich nicht. Es ist nur meine Art zurückzuschlagen. Jetzt sind wir quitt. Beinahe."

Ich fühlte mich ziemlich miserabel und starrte in meine Teetasse.

„Du hättest einfach nein sagen können", sagte sie sanft.

„Ich denke, das habe ich getan", antwortete ich und sah ihr schließlich doch in die Augen.

Die Intensität war fast mehr, als ich ertragen konnte.

„Cassidy, als ich dich küßte, hast du mich wiedergeküßt."

„Aber ich wollte es nicht!" Fast schrie ich es heraus.

„So hat es sich aber nicht angefühlt."

„Du hast gefühlt, was du fühlen wolltest."

„Dann wolltest du mich eigentlich gar nicht küssen?" Ihre blauen Augen sahen mich herausfordernd an.

„Du wirst es erfahren, ob und wann ich dich küssen will, Erica, das kann ich dir versichern." So prahlerisch, wie ich es sagte, fühlte ich mich wirklich nicht, aber sie hatte schon viel zu lange die Oberhand. Nur weil ich einmal einen Fehler gemacht hatte, hieß das nicht, daß ich nun für immer bevormundet werden konnte. Abgesehen davon war ich wirklich ärgerlich über das Ding mit der Gewichtszunahme. Dann klingelte das Telefon und ersparte uns weitere Qualen. Ich drehte Erica den Rücken zu und machte beim Zuhören Notizen.

„Um was ging es?“ fragte sie, als ich aufgelegt hatte.

„Nur wieder eine Frau, die sich nicht sicher ist, ob ihr Mann daheim war, als die Überfälle passierten.“

Erica sah mich verständnislos an, und ich merkte, daß sie vielleicht die einzige Person in ganz Cedar Hills war, die nicht wußte, was in den letzten Tagen passiert war. Anscheinend hatte sie sich, seit ich sie das letzte Mal gesehen hatte, im Haus ihres Onkels verkrochen, um an einem neuen Liebesroman zu schreiben.

Ich führte sie in mein Arbeitszimmer und zeigte ihr die Listen, die nun fast jeden Zentimeter der Wände bedeckten. Ich erzählte ihr den Gang der Ereignisse, angefangen mit Lizzies Anruf bis zum letzten Telefonat. Erica hatte sich auf meinen Schreibtisch gesetzt und hörte zu wie ein kleines Kind, das eine feine Gute-Nacht-Geschichte zum erstenmal hört. Draußen dunkelte es bereits, als ich fertig war. Es regnete und regnete.

„Du meinst, es ist Sisson?“ Sie sprang auf und begann, meine graphischen Übungen aus der Nähe zu studieren.

„Ich weiß nicht, es ist unsicher“, sagte ich. „Aber er ist kahl und schwitzt stark, was den Körpergeruch erklären könnte, den einige Frauen bemerkten, und er war um die Zeit des ersten Überfalls in Cedar Hills.“

„Und jetzt ist er weg“, bemerkte Erica. „Das heißt, du könntest selbst in Gefahr sein.“

„Hat Martha dich geschickt?“

„Cass, ich schwöre, daß ich bis jetzt nicht das geringste wußte. Wenn es aber wirklich Sisson ist, dann ist er wahrscheinlich mehr als sauer auf dich.“

„Deshalb befindet sich meine Pistole hier und nicht im Schrank.“ Ich versuchte, unbeschwerter zu klingen, als ich mich fühlte.

Erica stand so nah, daß ich einen Hauch ihres Parfüms riechen konnte, und den fand ich sehr erregend. Besonders nach dem Traum der letzten Nacht. Ich schüttelte den Kopf, als könnte ich so den Duft und die Erinnerungen auslöschen, und plötzlich fiel mir etwas ein, woran ich überhaupt nicht mehr gedacht hatte. Ich griff nach dem roten Markierstift.

„Was ist los?"

„Gestern abend, nach meiner kleinen Rede an die Frauen, hat Bürgermeister Mack mich verbal attackiert. Er nannte mich ein lesbisches Luder, und ich erschrak dermaßen, daß mir darüber die andere Sache, die ich hätte bemerken sollen, entging. Du kannst es sensorische Überempfindlichkeit nennen, aber ich könnte schwören, daß er Old Spice aufgelegt hatte." In großen roten Buchstaben schrieb ich den Namen Mack unter die anderen auf der Old Spice-Liste.

„Was für ein Mensch ist er?" fragte Erica. Draußen schlug der Sturm gegen die Scheiben, der See wurde langsam unruhig. Wenn Erica nicht bald aufbrach, würde sie den Weg kaum mehr finden.

„Vor allem ein Gesundheitsapostel", sagte ich. „Er sieht Clint Eastwood ähnlich – und versucht, sich auch so zu verhalten, fällt mir eben auf. Er trägt das Haar sehr kurz geschnitten, wahrscheinlich schon seit den fünfziger Jahren. Vielleicht war er bei einer Elitekampftruppe. Ein bißchen analfixiert, wenn du verstehst, was ich meine."

„Es muß eine Bedeutung haben, daß der Täter seine Opfer mit dem Gesicht nach unten festbindet", sagte sie schnell kombinierend.

Obwohl sie direkt neben mir stand, hörte ich sie kaum. „Mir fällt noch was ein. Booker teilte mir mit, daß er kein

Haar in der Skimütze fand, und ich sagte, daß der Mann vielleicht kahl ist. Aber was, wenn er superkurze Haare hat? So einen Stoppelschnitt. Diese Haare kann er mit bloßem Augen wohl kaum erkennen. Ich meine, das Labor könnte sie nachweisen, aber..."

„Meinst du wirklich, der Bürgermeister könnte der Täter sein?" fragte sie.

Es klang tatsächlich absurd. Andererseits war interessant, daß das Opfer der vergangenen Nacht ausgerechnet Susie Popps war, die wenige Stunden zuvor den Bürgermeister öffentlich gedemütigt hatte. Ich fragte mich, ob auch die anderen Opfer eine Auseinandersetzung mit dem Bürgermeister hatten, bevor sie überfallen wurden. Ich dachte an Sadie und ihren Widerstand vor zwei Jahren gegen den geplanten Damm. Und es war nicht schwierig, sich Gloria Baron in einer Stadtratssitzung im Streit mit dem Bürgermeister vorzustellen. Ob irgendein anderes Opfer mit dem guten Mack die Klingen gekreuzt hatte, mußte ich umgehend überprüfen, dabei aber diskret vorgehen.

Erstmals seit Beginn der Nachforschungen hatte ich das Gefühl, auf eine heiße Spur gestoßen zu sein. Ich wollte meine Idee gleich mit Booker besprechen. Noch bevor ich zum Hörer greifen konnte, klingelte der Apparat wieder.

„Cass? Rosie. Ich glaube, der Eindringling ist hier!" Ihre Stimme war ein angestrengtes, panisches Flüstern.

„Wo sind Sie?"

„Er ist hinter dem Haus. Ich habe ihn durchs Fenster gesehen. Er trägt eine Skimaske und probiert alle Türen. Ich kann Tom nicht erreichen!"

„Rosie, hören Sie. Verlassen Sie sofort das Haus. Gehen

Sie zur Anlegestelle, wenn möglich. Ich komme sofort. Haben Sie eine Pistole?“

„Er ist am Hintereingang!“ flüsterte sie. Ich hielt den stummen Hörer in der Hand.

Erica hatte das Ende des Gesprächs gehört und rannte bereits zum Anleger. Ich schnappte meine .38er und raste mit wild klopfendem Herzen hinter ihr her.

16

Ericas Rennboot war wesentlich schneller als meine Sea Swirl. Es hatte zwar kein Verdeck als Regenschutz, aber Erica zögerte keine Sekunde. Sie ließ den Motor an und überließ mir dann das Steuer. Ich gab Gas, die schiere Kraft überraschte mich und warf uns beinahe aus dem Boot. Wir flogen geradezu über den See. Erica klammerte sich an meinen Arm. Ich hatte beide Hände am Steuer und blinzelte durch den heftigen Regen. Ich hoffte zu Gott, daß Erica genug Benzin getankt hatte, um uns bis zu den Bookers zu bringen.

Keine sagte ein Wort. Wir hätten uns sowieso nicht hören können, selbst wenn wir es versucht hätten. Außer uns war niemand auf dem See, als wir durch die wachsende Dunkelheit brausten. Verdammt, daß Booker auch so weit draußen wohnen mußte! Halt durch, Rosie, sagte ich leise immer wieder. Als ich schließlich die Silhouette von Bookers Haus erkannte, weinte ich fast vor Erleichterung.

Etwa zwanzig Meter vor der Anlegestelle bremste ich ab, denn ich wollte sie nicht rammen. Da sah ich Rosie. Sie hatte es bis zum Bootssteg geschafft, aber der Mann war hinter ihr her. Sie wollte sich losreißen, und er versuchte, sie zurück ins Haus zu schleppen. Als er unser Boot sah, hob er die Stange, die er in der Hand hielt, und schlug sie ihr über den Kopf. Rosie fiel ins Wasser und zog ihn mit.

Ich sah sie kämpfen, nur wenige Meter entfernt, und konnte nichts tun. Ich hatte meine Pistole, traute mich aber nicht zu schießen, aus Angst, versehentlich Rosie zu treffen. Als sie nicht wieder auftauchten, warf ich die Pistole Erica zu und stürzte mich ins Wasser.

Der See war warm im Vergleich zum eisigen Regen, aber das Wasser war schwarz und voller Schlingpflanzen. Obgleich es nur drei Meter tief war, konnte ich den Grund und die beiden Kämpfenden ganz in der Nähe kaum erkennen. Doch was ich sah, war deutlich genug. Der Mann versuchte Rosie zu ertränken, indem er sie unter Wasser hielt. Mit einem Adrenalinstoß pflügte ich durch das Wasser und packte ihn am Hals. Mit aller Kraft zog ich ihn von ihr weg, kickte ihn mit den Beinen und grub meine Finger in das Fleisch seines fetten Nackens unter der durchnäßten Maske.

Er drehte sich um, stieß mit dem Fuß zu und traf mich am Kinn. Für einen Augenblick wurde alles vollkommen schwarz. Doch irgendwie tauchte ich auf und schnappte nach Luft. Bevor ich wieder abtauchte, sah ich seinen mächtigen Körper ungeschickt durch das Wasser auf die Anlegestelle zusteuern. Erica stand am Bug des Schnellboots, die Pistole auf ihn gerichtet.

„Schieß!" befahl ich und tauchte unter. Der Knall des

Schusses schickte Schockwellen durch meinen Körper, als ich mich durch die Wasserpflanzen zu Rosie durchkämpfte, die zusammengekrümmt auf dem schlammigen Grund des Sees lag. Der zweite Schuß war noch lauter. Ich zog Rosie an mich und umfaßte sie mit einem Arm, während ich mit dem anderen ruderte und mich zur Oberfläche kämpfte. Als ich die Anlegestelle erreichte, waren meine Lungen kurz vor dem Platzen.

Rosies Körper war vollkommen schlaff und wog ungefähr eine Tonne. Ich mußte jede Muskelfaser einsetzen, um sie auf den Steg zu schieben. Ich konnte mich kaum noch selbst hochziehen. Doch zum Denken war keine Zeit. Ich bog ihren Kopf zurück, hielt ihr die Nase zu und atmete in ihren Mund. Nichts. Ich tat es wieder und betete zu Gott, an den ich eigentlich nicht mehr glaubte. Keine Reaktion. Ich tastete nach der Halsschlagader und fand keinen Puls.

Dann tat ich, woran ich mich aus meiner Schulzeit erinnerte, als uns die Lehrerin in der fünften Klasse an einer Gummipuppe Herzmassage üben ließ. Ich legte beide Hände übereinander und drückte kräftig unter dem Brustbein, wobei ich hoffte, keine Rippe zu brechen. Ich war mir nicht sicher, wie oft ich es tun mußte, nur, daß Herzmassage und Atemspende abwechseln mußten.

Ich rief Erica, sie war nirgends zu sehen. Ich zählte zwölfmal Herzmassage, dann fühlte ich Rosies Puls. Vielleicht, wirklich nur vielleicht, war unter der Oberfläche ein schwaches Flimmern zu spüren. Ich drückte wieder ihre Stirn zurück, kippte das Kinn nach hinten, hielt ihr die Nase zu, atmete tief ein und wollte beim Ausatmen Leben in sie hineinzwingen. Nichts.

Los, Rosie, dachte ich und wiederholte die Prozedur.

Wieder machte ich Herzmassage und rief dabei Ericas Namen, so laut ich konnte, aber meine Stimme ertrank fast im prasselnden Regen. Mein Herz pochte heftig.

Endlich fühlte ich einen Herzschlag. Ich atmete wieder in ihren Mund, und dann endlich, beim zweiten Atemzug, bäumte Rosie sich auf und erbrach einen Schwall Wasser über mich. Das war vielleicht der glücklichste Augenblick meines Lebens. Ich rollte sie auf die Seite und ließ den Rest Wasser aus ihrer Lunge fließen. Sie hustete schrecklich und japste nach Luft. Auf meinen Wangen vermischten sich Tränen und Regen.

„Er ist entkommen!" schrie Erica und rannte auf uns zu, selbst ganz außer Atem. „Ich habe den Krankenwagen bestellt, und Booker kommt auch gleich." Sie hielt sich die Seiten, meine Pistole baumelte in ihrer Hand. Rosie seufzte und versuchte sich aufzusetzen. Sie zitterte schrecklich.

„Hilf mir Rosie ins Haus bringen!"

„Ich glaube, ich kann es allein." Rosies Stimme klang zwar wie ein Reibeisen, aber es war trotzdem das süßeste Geräusch, das ich seit langem gehört hatte.

Wir nahmen Rosie in die Mitte und schafften es, sie den langen Weg zum Haus hinaufzubringen, doch als wir drin waren, fing sie heftig an zu zittern. Ich half ihr die nassen Kleider auszuziehen, holte ihr einen Bademantel, wickelte sie in eine Decke und legte sie aufs Sofa. Erica bestellte den Krankenwagen ab, ging in die Küche und setzte Teewasser auf. Erst als die Farbe in Rosies Wangen zurückkehrte, merkten Erica und ich, daß wir selbst tropfnaß waren.

Ich stieg gerade in einen von Rosies alten Jogginganzügen, da hörte ich Bookers Sirene näher kommen. Rosie war etwas größer als ich, aber das war wohl egal.

Jogginganzüge sind eben sackartig. Erica hatte bereits ein ausgebleichtes Flanellhemd und eine abgetragene Hose angezogen, was ihr, wie alles, bestens stand.

Ich rieb mir das Haar mit einem Handtuch trocken, eilte dann hinaus und sah Booker neben Rosie auf dem Sofa sitzen und ihre Hand halten. Besorgnis stand in seinem wettergegerbten Gesicht, seine Augen waren feucht.

„Es war ein Ford Explorer oder ein Jeep Cherokee, wie Cass einen hat", sagte Erica zu Booker. „Ich weiß nicht, welche Farbe es war, aber wenn ich raten müßte, würde ich sagen: dunkel. Weiß ganz bestimmt nicht. Ich habe ihn durch die Bäume kaum gesehen, bin mir also nicht sicher."

„Unglücklicherweise habe ich mit meinem Wagen mögliche Spuren zerstört", sagte Booker. „Und der Regen hat wohl den Rest weggewaschen. Es gießt in Strömen."

So war es. Es regnete so stark, daß die Sicht so ziemlich gleich Null war.

„Soll ich rausgehen und nach Fußabdrücken suchen?" fragte ich und sah wenig begeistert aus dem Fenster.

Booker kicherte. „Selbst wenn wir welche fänden, habe ich nicht das nötige Zeug zum Sichern der Abdrücke. Und die Straße ist so schlecht, daß heute abend wohl niemand hier herauskommt. Ich habe sie auf der Herfahrt selbst ein paarmal fast verfehlt."

Rosies Stimme war immer noch rauh, aber sie sah kräftiger aus, und die Farbe ihrer Wangen war ermutigend. „Haben Sie Whisky hineingetan?" Sie sah Erica mit hochgezogenen Augenbrauen an und hielt ihre leere Tasse hoch.

„Ich dachte, das wärmt Sie vielleicht auf", meinte Erica verlegen.

„Nun, ich möchte noch eine Tasse, diesmal mit einem etwas größeren Schuß Whisky, wenn es möglich ist."

„Jetzt weiß ich, daß es ihr wieder gut geht", sagte Booker glücklich und nahm Rosies Tasse. Ich folgte ihm in die Küche.

„Wie kann ich Ihnen nur danken." Seine blauen Augen waren feucht vor Rührung.

„Lassen Sie's einfach." Ich hob abwehrend die Hände. „Es ist völlig unnötig." Wenn Booker anfing zu weinen, würde ich völlig die Fassung verlieren. Ich war schon jetzt ziemlich gerührt.

„Im Regal liegt Wein", sagte er. Seine Stimme versagte. Er wandte mir den Rücken zu, und ich wußte, daß ich ihn so nicht sehen sollte.

Während Booker Rosies Tee eingoß, öffnete ich eine Flasche Cabernet und holte zwei Gläser. Booker knackte eine Dose Budweiser und folgte mir ins Wohnzimmer.

„Ich habe auf seinen Hintern gezielt", sagte Erica eben. „Aber ich glaube, daß ich statt dessen einen Ihrer Laternenpfähle getroffen habe. Ich hörte Glas splittern. Ich habe total daneben geschossen."

Booker setzte sich neben Rosie auf das große Sofa und ich mich neben Erica auf den Zweisitzer. Typisch Booker, keine Stühle zu haben, dachte ich und rutschte so weit wie möglich in eine Ecke.

„Ein bewegliches Ziel zu treffen, ist nicht so einfach, wie die Leute denken", sagte Booker. „Ich bin nur froh, daß ihr beide rechtzeitig aufgetaucht seid." Er drückte Rosies Hand, und sie lächelte ihn an, weil sie die Rührung in seiner Stimme wohl bemerkte.

Dann ließen wir Rosie erzählen, und sie redete wie ein Mensch, der eben einen Flugzeugabsturz überlebt hat.

Trotzdem war sie eine gute Zeugin. Zwanzig Jahre an der Seite eines Polizisten waren nicht spurlos an ihr vorübergegangen.

„Er war etwa einsachtzig groß, würde ich sagen", berichtete sie. „Eher kräftig gebaut. Aber nicht dick. Ziemlich breit." Dann beschrieb sie einen schwarzen Regenmantel, die Skimaske über dem Kopf und die Stange in seiner Hand. „Als er mich den Weg hinunterrennen sah, jagte er mich bis zum Anleger. Er versuchte, mich wieder ins Haus zu ziehen, aber als ich mich wehrte, verpaßte er mir eins mit dieser Stange. Er schlug nicht nur zu, er hieb kräftig auf mich ein. Ich duckte mich in letzter Sekunde, sonst hätte er mir womöglich den Schädel eingeschlagen. Der elektrische Schlag hätte genügt, meint ihr nicht? Warum wollte er mir denn eins über den Kopf geben, das verstehe ich nicht!" Rosies Aussprache klang ein bißchen genuschelt, aber ihre dunklen Augen blitzten. Sie beugte sich vor und zeigte Booker die Beule am Kopf.

„Wir sollten Eis drauflegen", sagte er und stand auf, um welches zu holen.

„Das wird jetzt tagelang so gehen." Rosie blinzelte Erica und mir zu. „Einmal fiel ich vom Pferd und verletzte mich am Steißbein. Booker bediente mich von hinten und vorn. Deshalb erzähle ich ihm meist nicht, wenn ich mich schlecht fühle. Er kann damit überhaupt nicht umgehen."

Booker kam mit einem Eisbeutel und hielt ihn vorsichtig an Rosies Kopf, bis sie ihn selbst festhielt.

„Hat eine von euch etwas gesehen, das helfen könnte, ihn zu identifizieren?" fragte er und ließ sich wieder neben Rosie auf dem Sofa nieder.

„Er war kein guter Schwimmer", sagte ich. „Aber Rosie hat recht. Ich glaube, er war trainiert. Er hatte viel Kraft in den Beinen." Ich formulierte vorsichtig, was ich jetzt zu sagen hatte: „Wurden im Labor Haare in der Skimaske gefunden, die er bei Susie hinterlassen hat?"

„Ich sagte, daß es sehr eilig ist, aber vor morgen werden wir wohl keine Ergebnisse haben. Ich war so sehr mit der Suche nach Sisson beschäftigt, daß ich mich nicht mehr darum gekümmert habe. Warum?"

„Nun, mir kam in den Sinn, daß es nicht heißen muß, der Kerl ist kahl, nur weil kein Haar zu sehen ist. Wenn jemand sehr kurze Haare hat, einen Igelschnitt zum Beispiel, sieht man die Haare auch nicht unbedingt."

„Hm, hm." Booker strich sich den Schnurrbart.

„Wenn wir jemand finden mit sehr kurzem Haar, der nach Old Spice riecht und mehr oder weniger den beschriebenen Körperbau aufweist, wäre das ein Verdächtiger?"

„Wir brauchen mehr als das", sagte Booker und sah mich über sein Bier hinweg mit zusammengekniffenen Augen an. „Haben Sie sonst noch was?"

„Es wäre auch hilfreich", fuhr ich fort, „wenn wir ein Motiv hätten. Einen direkten Hinweis auf ihn. Wenn wir es so betrachten, frage ich mich wirklich, wer Grund gehabt hätte, auf Susie Popps so wütend zu sein."

„Das paßt auf Sisson", sagte Booker. „Nach dem, was sie auf der Bürgerversammlung gesagt hat, war er sicher sehr verärgert."

„Hm, hm", sagte ich. „Ich frage mich, wer sonst noch über sie verärgert war."

„Nun, Brand natürlich. Aber sein Alibi ist wasserdicht."

„Ich glaube mich zu erinnern", fiel Erica ein, die ganz genau wußte, worauf ich hinauswollte, „daß Cassidy sagte, Sisson sei eher dicklich. Der Mann, den ich gesehen habe, war eigentlich nicht dick. Eher muskulös, würde ich sagen."

Booker sah mich mißtrauisch an. „Also gut. Wer? Sie haben offensichtlich jemand im Auge."

„Was für ein Auto fährt der Bürgermeister, Tom?"

Er riß ungläubig die Augen auf. „Sie halten McKenzie für den Täter?" Seine Stimme war um eine Oktave gestiegen. Rosie richtete sich auf, als könnte sie in dieser Haltung den Gedanken besser aufnehmen.

„Ich wette, daß er kürzlich nach Old Spice gerochen hat", sagte ich. „Und nach der Versammlung war er so haßerfüllt, daß er mir vorwarf, alle Frauen in männerhassende Lesben verwandeln zu wollen."

„Das hat er wirklich gesagt?" fragte Rosie. Ich bemerkte, daß ihre Teetasse schon wieder fast leer war.

„Er ist wegen des geplatzten Freizeitparks ausgerastet, was aber noch nicht heißt, daß er ein Mörder ist, Cass."

„Ich weiß. Aber nur weil er der Bürgermeister ist, heißt das nicht, daß er keiner ist."

Wir alle saßen stumm da und dachten über diese Feststellung nach. Booker stand auf und kümmerte sich um die Getränke. Als er wieder hereinkam, brummte er: „Ich kenne Mack McKenzie jetzt seit zehn Jahren. Er ist einer der beliebtesten Männer in der Stadt. Die Frauen sind verrückt nach ihm. Was um alles in der Welt könnte einen Mann wie ihn dazu bringen, in die Häuser von Frauen einzubrechen und sie zu fesseln? Es ist einfach undenkbar, Cass."

Rosie griff nach ihm und knuffte ihn in den Arm. „Tom Booker, du überraschst mich", sagte sie. Wenn Rosie getrunken hatte, wurde ihr Akzent stärker. „Nur weil Mack McKenzie dein Freund ist, darfst du die Fakten nicht außer acht lassen. Und daß die Frauen ihn mögen, schließt nicht aus, daß er pervers ist. Meinst du, ein gutaussehender Mann kann nicht verrückt sein?"

Booker starrte aus dem Fenster.

„Es geht dabei um Macht", erklärte Erica und nippte an ihrem Wein. „Wer immer das tut, geilt sich an der Macht über Frauen auf. Und einer, der zehn Jahre Bürgermeister war, hat bewiesen, daß er Geschmack an der Macht hat. Vielleicht bietet ihm das öffentliche Mandat einfach nicht mehr genügend Spannung."

„Und", setzte ich hinzu, „er scheint sich gern einflußreiche Frauen auszusuchen. Frauen, die sich offen äußern und für etwas einstehen. Als wollte er sie auf ihren Platz verweisen."

„Aber warum Rosie?" fragte Booker.

Eine gute Frage, dachte ich. Alle Frauen, die überfallen worden waren, standen in der Öffentlichkeit, nur Rosie nicht.

„Vielleicht weil sie mit Ihnen verheiratet ist", sagte ich leise. „Irgend jemand hat große Wut auf Sie."

Bookers Gesicht wurde dunkel vor Zorn, und ich wußte, daß ich recht hatte. Gegen Rosie konnte niemand etwas haben. Die Botschaft des Mörders galt Booker.

„Also", fragte ich hartnäckig. „War der Bürgermeister nach der Versammlung mit Ihnen so glücklich?"

Booker blickte finster. „Irgendwie hat sich in seinem dicken Kopf der Gedanke festgesetzt, daß ich Sie ermutigt hätte, mit der Geschichte zur Zeitung zu gehen. Ich habe ihm erklärt, daß Sie erwachsen sind und keine Ermutigung brauchen, aber er war immer noch wütend. Das war vor der Versammlung. Hinterher wollte er nicht mal mehr mit mir sprechen."

„Du glaubst also, daß es Mack sein könnte?“ fragte Rosie und rieb Bookers Arm an der Stelle, wo sie ihn geboxt hatte.

„Ich weiß es nicht, Schätzchen. Ich weiß es wirklich nicht.“

Ehrlich gesagt, mir ging es genau so.

17

Wir mußten die Nacht bei Booker verbringen, das stand außer Frage. Draußen wütete noch immer der Sturm, und selbst wenn wir mit meiner Sea Swirl gekommen wären, hätte ich die Fahrt über den See nicht riskiert. Es war schon spät, als Booker endlich meinte, es sei Zeit, Rosie zu Bett zu bringen. Sie wehrte sich nicht groß, obwohl sie ein bißchen zögerte. Vielleicht hat sie Angst vor den Träumen, dachte ich. Sehr verständlich.

„Das Gästezimmer ist gerichtet“, sagte Rosie und blieb noch ein wenig sitzen. „Es ist nur ein Klappbett, aber ganz bequem. Als Tom die Grippe hatte, schlief ich dort, und das war nicht schlecht.“

„Ich kann die Couch nehmen“, sagte ich und fühlte die Röte im Nacken aufsteigen.

„Unsinn, Cass. Auf der alten Couch kann man kaum mehr sitzen, geschweige denn schlafen. Das Klappbett ist breit genug. Und in der Kommodenschublade liegen noch Decken.“

„Aber Schätzchen“, sagte Booker und blinzelte uns

über ihren Kopf hinweg zu. „Cassidy ist Privatdetektivin. Ich bin sicher, daß sie die Decken findet."

Wir sahen ihnen lächelnd nach, wie sie im Flur verschwanden. Aber mein Innerstes fühlte sich an, als führe es auf der weltgrößten Rollerskatebahn auf und ab. Zuviel Wein, dachte ich, und zuwenig Essen.

„Ich kann auf der Couch schlafen, wenn es dir lieber ist", meinte Erica und fixierte mich mit ihren blauen Augen. Booker hatte ein Feuer im Kamin gemacht, und der Schein der glühenden Scheite spielte auf ihrer Haut wie Mondlicht.

„Sei nicht kindisch", erwiderte ich. „Du hast gehört, was Rosie gesagt hat. Es ist ein großes Bett. Ich bin sicher, daß wir es schaffen, auf der jeweiligen Seite zu bleiben."

„Meinst du?" Sie lächelte zurückhaltend. In der Dunkelheit würde ich wenigstens nicht diese Augen sehen.

„Erica, du bildest dir zuviel ein. Ich kann dir versichern, daß ich es irgendwie schaffen werde, zu schlafen. Ehrlich gesagt, ich bin völlig erschöpft." Zum Beweis gähnte ich herzhaft und stand auf. Sie blieb sitzen und trank ihren Wein aus.

„Ich komme gleich nach", sagte sie.

Prima, dachte ich. Wenn ich Glück habe, schlafe ich dann schon.

Ich klappte das Bett aus, schlüpfte unter die Decken und behielt Rosies Jogginganzug an. Ich rückte so nah wie möglich an die Wand. Eigentlich schlafe ich lieber auf der anderen Seite. Aber ich wollte um alles in der Welt vermeiden, daß Erica über mich hinwegsteigen mußte.

Rosie mochte das Klappbett bequem gefunden haben, aber sie hatte deutlich mehr natürliche Polsterung als ich. Warum war immer eine Sprungfeder direkt unter meinem

Rücken? Ich rückte ein kleines Stück zur Mitte, rollte mich in Embryonalstellung und wollte einschlafen.

Als ich sie kommen hörte, hielt ich unwillkürlich den Atem an. Na prima, dachte ich. Ich werde ausatmen müssen, und dann weiß sie, daß ich wach bin. Ich ließ den Atem so vorsichtig wie möglich ab, daß es wie ein sanftes Schnarchen klang. Ich fühlte das Bett auf ihrer Seite heruntersinken. Sie hatte anscheinend die gleiche Mühe wie ich, eine bequeme Stelle zu finden. Schließlich gelang es ihr, und sie wurde ruhig.

Im Zimmer herrschte Grabesstille. Ich sehnte mich nach dem Ticken einer Uhr, dem Surren eines Ventilators, dem Knacken von Holz. Aber trotz des gleichmäßigen Regens draußen war das Schlafzimmer unheimlich still. Dann merkte ich, was es war. Auch Erica hielt den Atem an. Beinahe hätte ich laut gehustet.

Statt dessen drehte ich mich um, drapierte meinen Körper um die eklige Sprungfeder und machte dabei viel Geräusch, damit sie ausatmen konnte, wenn sie wollte. Manchmal bin ich einfach sehr rücksichtsvoll.

Aber das Umdrehen erwies sich als Fehler. Ich konnte ihr verdammtes Parfüm riechen. Die Sorte, die in der Flasche gut und auf der Haut phantastisch riecht. Und an Erica war es mehr, als ich ertragen konnte.

Wider besseres Wissen machte ich ein Auge auf und warf einen Blick in ihre Richtung. Sie war offensichtlich nackt, zu meinem Schrecken.

Ihre bloße Schulter – nie hatte ich etwas Lieblicheres gesehen – ängstigte mich über alle Maßen. Schnell drehte ich mich wieder zur Wand.

Ich schloß die Augen, so fest ich konnte, und versuchte an etwas anderes zu denken. Eine Herde Wildpferde, die durch ein Kornfeld rennen. Fische, die in klarem Wasser schwimmen. Nichts half. Ericas nackter Körper lag nur wenige Zentimeter entfernt neben mir.

Minuten vergingen, schienen endlos. Ich hörte die Sprungfedern ächzen und hielt den Atem an. Da, eine federleichte Berührung an meiner Wange. Sie wiederholte sich, leicht, aber deutlich, und da wußte ich, das es kein Zufall war. Erica berührte mich.

Mein Herz raste, und der Seufzer, der über meine Lippen kam, kam aus einer mir unbekannten Tiefe. Da ignorierte ich alle blinkenden Warnleuchten in meinem Kopf, drehte mich um und suchte ihre Lippen.

Sie war heiß und feucht, umhüllte mich mit ihrer Leidenschaft und schloß mich in ihr Begehren ein. Ich verlor mich in ihr, ertrank in ihr, und ob ich je wieder auftauchen würde, war mir fast egal.

„Es war so lange. So lange“, murmelte sie. „Ich habe so lange gewartet.“

Ich konnte nicht antworten. Für das, was ich fühlte, gab es keine Worte.

Erica und ich hatten uns nie sanft geliebt. Ich nahm sie hungrig, und sie nahm mich. Als wir uns schließlich erschöpft in den Armen lagen, war ich nicht überrascht, Tränen auf ihrem Gesicht zu fühlen. Auch ich war tränennaß.

„Ich habe dich immer geliebt“, sagte sie nah an meinem Ohr. Ich nickte. Mehr konnte ich nicht tun.

Die Morgensonne drang durch die Jalousie, und ich machte ein Auge auf. Der Sturm war tatsächlich vorbei. Der Regen hatte aufgehört, und jetzt schien schon die Sonne. Erica lag über meinen Körper gestreckt, in einer

Position, die an das erinnerte, was wir getan hatten, bis wir in den frühen Morgenstunden in den Schlaf gefallen waren. Ich versuchte, mich freizumachen, ohne sie zu wecken.

„Hallo“, flüsterte sie und griff nach mir.

„Selber hallo.“ Sie war sehr hübsch so im Morgenlicht. „Wir sollten wirklich nicht.“ Ich schob ihre Hand weg.

Plötzlich war Bookers Stimme aus der Küche zu hören, und Erica seufzte tief. Wir zogen uns eilig an und vermieden dabei, uns anzusehen, weil wir vor den unausgesprochenen Gefühlen zwischen uns Angst hatten.

„Wir sollten lieber nicht so aussehen, wenn wir in die Küche gehen“, sagte sie warnend.

„Wie nicht?“

„Wie die Katze, die eben herausgefunden hat, daß der Kanarienvogelkäfig keine Tür hat.“

Ich sah in den Spiegel. Ich sah eine Frau, die wenig geschlafen hatte. In meinem Inneren herrschte Chaos, und mein Kopf war völlig durcheinander. Was Erica als Lächeln interpretiert hatte, war wohl mehr der Kummer. Ich setzte mein bestes Pokergesicht auf und stolperte in die Küche. Was roch da so gut? Ich hatte einen Riesenhunger, war aber nicht sicher, ob ich etwas essen konnte. Mein Magen war in hellem Aufruhr.

„Gut geschlafen?“ fragte Booker.

Ich merkte sofort, daß er Bescheid wußte. Hatten sie uns gehört, fragte ich mich plötzlich geniert. Oder war es mein Gesichtsausdruck? Booker hatte eine Art, die Augenbraue hochzuziehen, die mich wissen ließ, daß er nicht wußte, was er davon halten sollte. Schließlich mochte er Maggie sehr. Ich schob den Gedanken schnell beiseite und sah nach, was Rosie kochte.

„*Huevos rancheros*", sagte sie und schob mich sacht zu einem Stuhl. „Dann *Frijoles* und Tortillas mit meiner Spezialsauce. Setzen Sie sich."

Es war eine schwierige Mahlzeit. Ich versuchte, Erica nicht anzusehen, die absolut umwerfend aussah, Erica versuchte Booker nicht anzusehen, der wiederum versuchte, uns beide nicht anzusehen. Rosie war entweder ahnungslos oder blind. Sie plauderte munter drauflos, während ich schließlich meinem Hunger nachgab und das üppige Frühstück genoß.

„Sie haben mir noch nicht gesagt, was für ein Auto der Bürgermeister fährt", sagte ich und versuchte Bookers Blick auf mich zu lenken.

„Eifor Robo", mümmelte er mit vollem Mund.

„Wie bitte?" fragte ich.

„Ich glaube, er hat *einen Ford Bronco* gesagt", meinte Erica. Sie hatte angefangen, unter dem Tisch ihren Fuß an meinem zu reiben, und ich zog ihn weg. Sie grinste tückisch.

„Das heißt nicht, daß er der Gesuchte ist." Booker war offensichtlich nicht in allerbester Laune. „Ich verdächtige immer noch Sisson."

„Aber Sie schließen es nicht vollkommen aus?" fragte ich.

Schließlich sah mich Booker direkt an: „Nein, Cassidy. Ich schließe es nicht vollkommen aus. Ich bringe Rosie zu ihrer Schwester, dann kümmere ich mich sofort darum. Ich schlage vor, daß Sie sich ein sicheres Versteck suchen, bis wir ihn gefunden haben, wer immer es ist. Wenn es zutrifft, daß er Susie und Rosie wegen dem, was in der Versammlung gesagt wurde, angegriffen hat, dann sind auch Sie in Gefahr. Vielleicht sollten Sie Cassidy zu sich nach Hause nehmen." Er sah Erica vielsagend an. Er ließ uns deutlich spüren, daß er wußte, was wir getan hatten, und nicht sonderlich begeistert davon war.

„Ich finde, das ist eine gute Idee", sagte Erica unschuldig lächelnd.

Bookers Gesicht wurde rot, er stand vom Tisch auf. „Ich warte draußen auf dich", sagte er zu Rosie.

Ich folgte ihm. „Möchten Sie mir nicht sagen, warum Sie so verärgert sind?"

„Ich weiß nicht, wovon Sie reden." Er rammte einen Zahnstocher ärgerlich zwischen seine Zähne.

„Quatsch. Sie waren den ganzen Morgen so komisch."

Das überraschte ihn, und er wandte sich zu mir. „Ich finde einfach, daß Sie nicht der Typ sind, der den gleichen Fehler zweimal macht", sagte er. „Aber das geht mich wohl nichts an."

„Stimmt." Wir standen uns gegenüber und starrten uns an wie zwei kampflüsterne Kater.

„Ich dachte, Sie mögen Erica", sagte ich abwehrend.

„Ja, ich mochte sie. Aber dann ging sie nach Kalifornien, und man mußte kein Neurochirurg sein, um festzustellen, wie verletzt Sie waren. Als Sie sich mit Maggie verbanden, war ich erleichtert. Ehrlich gesagt, ich dachte, Sie würden als alte Jungfer sterben."

Ich lachte und Booker auch, wenn auch widerwillig.

„Also was nun?" fragte er. „Auf Wiedersehen Maggie, willkommen Erica?"

„Tom, Sie sind ein sensibler Mann, aber manchmal können Sie wirklich ein Mistkerl sein, wissen Sie das?"

„Rosie sagt das auch von Zeit zu Zeit."

In Wirklichkeit war ich sehr verwirrt. Aber irgendwie hatte ich das Gefühl, daß Booker keine große Hilfe war.

„Sie ist hübsch, das gebe ich zu", sagte er und strich sich den Schnurrbart. „Aber Maggie hat Klasse. Doch Klasse ist wohl nicht alles. Habe ich Ihnen je von Rosies Schwester Elena erzählt? Elena war wirklich ein wunderbares Mädchen. lange Haare bis zu den Hüften und die nettesten – nun, sie hatte eine wirklich gute Figur. Das hübscheste Mädchen der ganzen Stadt. Ich wollte sie unbedingt haben. Rosie war ein paar Jahre jünger als sie und nur ein schlacksiges Kind. Sie verehrte mich natürlich. Ich tauchte dauernd auf, weil ich hoffte, Elena würde Notiz von mir nehmen, und Rosie quatschte mir die Ohren voll. Bald freute ich mich auf die Gespräche mit Rosie so sehr wie auf die Begegnung mit Elena."

„Dann haben Sie schließlich Rosie geheiratet."

„Ja, aber vorher habe ich ihr das Herz gebrochen und mich dabei zum Idioten gemacht." Er sah mich mit seinen blauen Augen herausfordernd an. „Mein Herz wußte zwar, daß ich Rosie liebte, mein Kopf wußte es auch, nur mein verdammter Schwanz dachte, es wäre Elena, verstehen Sie. Als Frau haben Sie dieses spezielle Problem natürlich nicht, nehme ich an."

Ob Booker wußte, wie sehr er sich irrte?

18

Obwohl Erica darauf bestand, mich unbedingt in ihrem Haus zu verstecken, überzeugte ich sie, daß ich sofort mit Lila McKenzie sprechen mußte. Eigentlich wollte ich bloß allein sein. Meine Gefühle waren ein einziges Durcheinander, und ich konnte über das, was wir getan hatten, noch gar nicht nachdenken. Erica brachte mich zu meiner Anlegestelle und brauste davon, einen weißen Schweif aus Gischt hinter sich herziehend. Ich sah dem Boot nach, bis es um die Spitze der Insel verschwunden war.

Als ich mich schließlich geduscht und umgezogen hatte, war es später Vormittag. Ich sprang in mein Boot, die .38er diskret im Schulterhalfter unter der Jacke verborgen, und raste über den See Richtung Stadt.

Die McKenzies wohnten am Stadtrand in einem zweistöckigen Haus im Landhausstil aus der Zeit des Holzwirtschaftsbooms. Es war gepflegt, mit strahlend blauen Hortensienbüschen an beiden Seiten des ziegelgepflasterten Weges zum Haupteingang hinauf. Es erleichterte mich, daß der Bronco des Bürgermeisters nicht in der Auffahrt stand. Andernfalls hätte ich meine Pläne schnell geändert.

„Wer ist da?" fragte eine hohe melodiöse Stimme durch die Tür, nachdem ich geklopft hatte. Mrs. McKenzie war Fremden gegenüber offensichtlich vorsichtig.

„Cassidy James", sagte ich. „Privatdetektivin." Nach der letzten Bürgerversammlung war ich zwar stadtbekannt, aber ich wußte nicht, ob die Frau des Bürgermeisters überhaupt teilgenommen hatte.

Die Tür wurde einen winzigen Spalt weit geöffnet, und Mrs. McKenzie spähte heraus. „Mack ist in der Stadt", sagte sie und wollte die Tür gleich wieder schließen.

„Ich würde gern mit Ihnen sprechen."

„Mit mir?" Das klang, als wäre ihr die Vorstellung, jemand könnte mit ihr sprechen wollen, vollkommen fremd.

„Nur ganz kurz." Ich lächelte harmlos.

Sie überlegte lange, es schien mir eine Ewigkeit, dann öffnete sie die Tür ein Stückchen weiter und ließ mich eintreten. Sie war eher groß, mit üppigem Busen und runden Hüften, eine attraktive Frau. Die gelbe Hose und der helle Pullover paßten durchaus zu ihrem kastanienbraunen Haar. Ihre Augen waren blau und schön geschminkt. Wie bei vielen Rothaarigen wären ihre Augenbrauen und Wimpern ohne Makeup unsichtbar gewesen. Doch trotz ihres guten Aussehens wirkte sie schüchtern und unsicher.

„Ich trinke gerade Kaffee auf der Veranda. Darf ich Ihnen auch eine Tasse anbieten?"

„O ja, gern." Ich folgte ihr durch das makellose Haus voller Spitzendeckchen, Schnickschnack und Antiquitäten. Es roch ein bißchen nach Mottenkugeln, und ich unterdrückte ein Niesen. Alles war perfekt staubgewischt, gewachst oder poliert, selbst die Küche sah aus, als wäre sie ein Ausstellungsstück. Mrs. McKenzie führte mich durch eine Glastür auf eine große Terrasse mit Blick über einen farbenprächtigen Dahliengarten. Die Blumen waren eindrucksvoll. „Wer gärtnert hier?" fragte ich voll ehrlicher Bewunderung für die üppige bunte Pracht.

„Oh, ich." Sie klang erstaunt und verlegen. „Mack hat sich nie sonderlich für Gartenarbeit interessiert. Deshalb haben wir den größten Teil einfach natürlich gelassen. Aber der Garten ist meine Leidenschaft. Ich bin eben eine Dahliennärrin." Sie goß aus einer Silberkanne Kaffee in passende Porzellantassen, setzte sich in einen weißen Korbstuhl und hieß auch mich mit einer Geste Platz nehmen. Ich hatte das seltsame Gefühl, in den Roman *Vom Winde verweht* einzutreten.

„Wohnen Sie schon lange hier?"

„Das Haus gehörte Macks Vater. Er ist hier aufgewachsen."

„Tatsächlich?" fragte ich. „Und lebt Tank noch bei Ihnen?"

„O Himmel, nein. Tank ist schon vor Jahren ausgezogen. Er hat in der Stadt etwas Eigenes. Kein richtiges Haus, sondern ein Wohnmobil. Scheint ihm zu gefallen. Natürlich bringt er immer noch seine Wäsche her." Sie lächelte nachsichtig, als wäre es ihr ein Vergnügen, die Wäsche ihres erwachsenen Sohnes zu waschen.

„Mrs. McKenzie", hob ich an.

„Bitte nennen Sie mich Lila."

„Lila", verbesserte ich mich lächelnd. „Ich denke, Sie wissen, daß der Bürgermeister ziemlich wütend ist auf mich wegen der kleinen Rede, die ich kürzlich gehalten habe. Ich glaube, er meint, daß ich etwas mit der Ablehnung des geplanten Freizeitparks zu tun habe."

„Oh, so etwas erfahre ich nie. Mack spricht zu Hause nicht über Dienstliches."

„Waren Sie dort?" fragte ich. „Bei der Versammlung?"

„Nein, nein. Ich glaube, es ist besser, Macks öffentliche Arbeit vom häuslichen Leben getrennt zu halten. Wir haben schon lange festgestellt, daß man genausogut am Arbeitsplatz bleiben kann, wenn man Arbeit mit nach Hause bringt. Ich bemühe mich, das Haus zu einem Hafen für ihn zu machen, wo er vor den Problemen da draußen sicher ist." Sie lächelte beim Sprechen und blickte ruhig auf die Dahlien.

Ich hatte das Gefühl, das Reich des Wahnsinns betreten zu haben.

„Aber Sie haben doch sicher gemerkt, daß er verärgert

war, als er am Mittwoch abend heimkam?" Ich versuchte ihren Blick zu erhaschen. Ihre Augen wirkten so weit entfernt, daß ich mich fragte, ob sie aus dem Valiumglas genascht hatte.

„Mal sehen." Sie legte einen rotlackierten Fingernagel an die Lippen. „Mittwoch abend. O ja. Mack und Tank *waren* auf der Versammlung. Deshalb habe ich allein zu Abend gegessen. Dabei habe ich diese Sendung über die Seeotter angeschaut. Als Mack nach Hause kam, schlief ich bereits. Ich bin keine große Nachteule."

Es hatte wahrscheinlich wenig Sinn zu erwähnen, daß das Treffen um acht Uhr zu Ende war.

„Tank arbeitet bei seinem Vater, nicht wahr?" fragte ich und überlegte, wie ich das eigentliche Thema ansprechen könnte.

„Ja, das stimmt. Er ist ein guter Junge. Mack behandelt ihn manchmal zu streng, weil er nicht den gleichen Ehrgeiz hat wie er. Aber Tank ist so. Er schlägt wohl eher nach mir."

„Was macht er denn genau?" Das hatte ich mich schon lange gefragt.

„Er ist Macks Büroassistent. Und ein paar Tage in der Woche hilft er in der Steuerberatung aus. Macks Vater hat das Geschäft Mack hinterlassen, und der wird es zu gegebener Zeit wohl an Tank übergeben. Warum fragen Sie?"

Weil ich feststecke, dachte ich.

„Nun", sagte ich und trank meinen Kaffee. „Da Sie nicht auf der Versammlung waren, wissen Sie vielleicht nichts von den Nachforschungen, denen ich mich zur Zeit widme."

„Sie meinen den Eindringling? Ich habe in der *Press* darüber gelesen. Haben Sie ihn schon?"

„Noch nicht. Deshalb spreche ich mit all den Frauen, die nicht auf der Versammlung waren, und stelle ihnen die Fragen, die ich dort gestellt habe. So kann ich einen Mann nach dem anderen entlasten. Da Sie die Frau des Bürgermeisters sind, wollte ich bei Ihnen anfangen." Ich hoffte, daß Logik nicht ihre starke Seite war.

„Okay" sagte sie, aber es klang nicht sehr sicher.

„Ich werde Ihnen nun eine Menge Fragen stellen, die Ihnen dumm erscheinen mögen. Bitte beantworten Sie sie trotzdem. Ich will gerechterweise allen Frauen die gleichen Fragen stellen und keine irgendwie bevorzugen. Ihre Antworten werden streng vertraulich behandelt, das kann ich Ihnen versichern."

Sie sah mich besorgt an, und ich begann wohl besser, bevor sie es sich anders überlegte. „Was für ein Rasierwasser benutzt Ihr Mann?"

Sie dachte einen Augenblick nach und erwiderte dann fröhlich, als wüßte sie die Antwort auf eine schwierige Testfrage: „Old Spice."

Ich nickte ihr lobend zu wie einer Schülerin. Ich werde ein paar überflüssige Fragen unter die wichtigen mischen, dachte ich, wie beim Lügendetektortest, und sie dabei beobachten. Ich schmeichelte mir, ein ganz guter Lügendetektor zu sein.

„Welche Schuhgröße hat Mack?"

„Zehn D", sagte sie ohne Zögern.

„Wie alt ist er?"

„Einundfünfzig."

„Haben Sie je beobachtet, daß er Frauenkleidung trägt?"

Sie lachte laut auf. „Wie kommen Sie denn darauf?"

„Ich stelle eben allen die gleichen Fragen. Manche sind

bedeutend, manche nicht. Es ist wichtig, daß Sie alle so ehrlich und schnell wie möglich beantworten. Okay?"

Sie blickte zweifend, nickte aber.

„Haben Sie je festgestellt, daß er Frauenkleidung trägt?" fragte ich.

„Nein", antwortete sie mit unterdrücktem Lächeln. „Außer einmal zu Haloween, vor hundert Jahren. Als wir noch Kinder waren."

„Tragen Sie Strumpfhosen?" fragte ich.

„Manchmal."

„Welche Marke?"

„Haynes."

„Trägt Mack manchmal Strumpfhosen?"

„Sie scherzen wohl."

„Besitzt er einen elektrischen Schlagstock?"

„Einen was?"

„Das ist ein Stock zum Viehtreiben. Ein elektrischer Stab."

„Was sollte er damit anfangen?" Ihre Brauen zogen sich zusammen.

„Ich nehme das als ein Nein", sagte ich. „Schlafen Sie oft miteinander?"

„Wie bitte?"

„Tut mir leid, aber ich muß es fragen. Wie oft haben Sie Verkehr?"

„Nun, ich verstehe nicht, was das damit zu tun hat. Ich verstehe nicht, warum Sie überhaupt danach fragen."

„Bitte, Lila. Begreifen Sie. In dieser Stadt werden Frauen belästigt. Damit ich Mack oder andere entlasten kann, muß ich ein paar Dinge wissen. Sobald ich Mack aussortieren kann, kümmere ich mich um den nächsten Mann. Nur so kann ich meine Nachforschungen fair gestalten."

Sie tat einen tiefen Seufzer und goß sich Kaffee nach. Meine Tasse war noch fast voll. „Mack war immer ein sehr körperbetonter Mann“, sagte sie. „Wir schlafen natürlich nicht mehr so oft zusammen wie früher, aber Sex ist immer noch eine regelmäßige Aktivität in unserem Haushalt.“

„Danke. Hat Mack Sie je geschlagen?“

„Selbstverständlich nicht!“ sagte sie ungehalten. Ihr Gesicht rötete sich bei dem Gedanken, und ich wußte, daß ich mich zurückhalten mußte.

„Treibt Mack Sport?“

„O ja. Er trainiert fast jeden Tag.“

„Was trägt er beim Training?“

„Normalerweise einen Jogginganzug. Oder Shorts. Je nach Wetter.“

„Neigt Mack zu Wutausbrüchen?“

„Nicht mehr als andere auch.“ Ihr Blick glitt nach links, laut Experten passiert das bei Introvertierten, wenn sie lügen.

„Hat Mack Sie beim Sex je geschlagen?“

„Selbstverständlich nicht!“ erwiderte sie. „Das habe ich Ihnen bereits gesagt.“

Ja, aber wie beim erstenmal wurde sie rot.

„Mag Mack Götterspeise?“ fragte ich.

Sie sah mich mit zusammengekniffenen Augen an. „Macht dieser Eindringling etwas mit Götterspeise?“

Nun war ich dran mit Kichern. „Nein“, gab ich zu. Ich trank einen Schluck Kaffee. Er war kalt. „Hat Mack ein Versteck, das er verschlossen hält und zu dem nur er Zugang hat?“

Sie schüttelte den Kopf, schien sich aber nicht hundertprozentig sicher zu sein.

„Gut", sagte ich. „Nur noch eine Frage."

„Welche?" Sie war sichtbar erleichtert.

„Führen Sie einen Terminkalender?"

„Ja, warum?"

„Können wir ihn ansehen? Es gibt ein paar Daten, die ich mit Ihnen abgleichen möchte, und ich dachte, ein Kalender könnte hilfreich sein. Damit wir Mack offiziell ausscheiden können", fügte ich hinzu.

Sie führte mich durch die Küche ins Eßzimmer und wühlte in einer Schublade. Unter dem herumstehenden Nippes bemerkte ich eine gerahmte Fotografie der Familie McKenzie, als Tank fünf oder sechs Jahre alt war. Alle drei trugen Badesachen und sahen gut aus. Mack hatte den Arm um Lila gelegt, beide strahlten in die Kamera. Tank stand vor ihnen, die Miniaturausgabe seines Vaters, ohne dessen Grinsen. Er blickte so finster entschlossen, daß es schon komisch war.

„Nettes Bild", sagte ich.

„Welches? Oh, ja." Sie sah das Foto zärtlich an. „Ich erinnere mich noch an die Aufnahme. Mack hatte so eine Kamera mit Selbstauslöser. Er stellte sie ein und rannte dann zu uns. Er mußte es wohl fünfmal probieren, bis es endlich klappte. Ich erinnere mich, daß sie immer auslöste, bevor er richtig dastand, oder wir warteten und warteten, und wenn er dann hinging, um zu sehen, was los war, löste sie aus. Es war wirklich lustig. Mir fällt ein, daß Mack ziemlich wütend wurde auf Tank und mich. Wir haben gelacht wie verrückt."

Komisch, dachte ich. Tank sieht nicht aus, als würde er wie verrückt lachen. Vielleicht hatte Mack ihn eben ausgeschimpft, das würde die wütende Miene des Jungen erklären.

Lila fand schließlich ihren Kalender. Ich blätterte ihn durch und bat sie, sich an wenigstens einen der fraglichen Tage zu erinnern, aber sie war wenig hilfreich. Sie konnte nicht sagen, wo Mack an einem dieser Einbruchtage gewesen war. An zwei Tagen meinte sie mit Tank zusammengewesen zu sein, war sich aber nicht hundertprozentig sicher. Sie hat ein Gedächtnis wie eine Mücke, dachte ich, trotzdem erinnert sie sich an ein Foto, das Mack vor zwanzig Jahren aufgenommen hat. Vielleicht war nur ihr Kurzzeitgedächtnis gestört.

Ich dankte ihr für ihre freundliche Mitarbeit und ging hinaus. Hatte ich nun etwas Wichtiges erfahren oder nicht? Lila McKenzie war eine trickreiche Mischung. Bei der Frage, ob Mack sie je geschlagen hat, hatte sie vielleicht gelogen. Für meinen Geschmack errötete sie in dem Moment zuviel. Und als ich nach dem Wutausbruch fragte, kam eine ähnliche Reaktion. Aber machte ihn das zum Mörder? Hatte ich nicht selbst vor kurzem eine Person aus Wut niedergestoßen? Ich seufzte. Ich wußte nicht mehr über Bürgermeister McKenzie als zuvor.

19

Nach den Besuchen bei Rosie und Lila hatte ich eine Wochenration Coffein in meinem Körper, und nun brauchte ich eine Toilette. Aber ich wollte unbedingt mit Tank McKenzie sprechen, weil er vielleicht einiges aufklären konnte, was seine Mutter praktischerweise vergessen hatte. Es war schon nach zwölf, aber wenn ich mich beeilte, erwischte ich ihn vielleicht noch vor der Mittagspause im Büro. Das Problem war, daß ich Mack dabei nicht begegnen wollte.

Das Büro des Bürgermeisters lag ganz in der Nähe von Bookers Büro, und obwohl ich schon tausendmal vorbeigegangen war, hatte ich es noch nie von innen gesehen. Zwar parkte kein Ford Bronco vor der Tür, trotzdem war ich nervös. Ich legte beide Hände ans Fenster und spähte hinein. Zu meiner Erleichterung sah ich Tank am Schreibtisch sitzen und ein riesiges Stück Pizza verschlingen. Er war allein.

Erst wollte ich klopfen, entschied mich dann aber anders. Als ich eintrat, blickte Tank erschrocken auf, dann lächelte er. „Cassidy, was für eine Überraschung", murmelte er mit vollem Mund.

„Ist Ihr Dad da?" fragte ich und hoffte inständig auf ein Nein.

„Schon zum Mittagessen gegangen. Vielleicht erwischen Sie ihn in der Lodge."

„Oh." Hoffentlich klang das enttäuscht. „Nun, vielleicht können Sie mir helfen." Ich warf ein Auge auf die Pizza. Sie hatte Pepperoni drauf und sah köstlich aus.

„Stückchen gefällig?" Er schob mir die Pizza zu. Ich dachte an das üppige Frühstück heute morgen und Ericas Bemerkung über mein Gewicht. Unwillkürlich faßte ich an meinen Hosenbund. Fühlte sich gut an. Ich griff nach dem kleinsten Stück und biß geziert ab.

„Ihr Vater ist ziemlich wütend, hm?"

„Das kann man wohl sagen. Aber er wird darüber hinwegkommen. Wie meistens."

„Er hat ein aufbrausendes Temperament, nicht wahr?"

„Das kann man wohl sagen." Tank fing an sich zu wiederholen.

„Hat er es je an Ihrer Mutter ausgelassen?" fragte ich und versuchte beiläufig zu klingen.

„Wie kommen Sie denn darauf?" Er legte seine Pizza weg und sah mir herausfordernd in die Augen.

Ich betrachtete Tank aufmerksam. Er war groß, wirkte aber weich. Nett, dachte ich, aber nicht das gleiche Kaliber wie sein Vater. „Ihre Mutter hat mir erzählt, daß er sie einmal geschlagen hat. Ich war nur neugierig."

Das war ein riskantes Spiel, und ich wußte nicht einmal, worauf ich hinauswollte.

„Das hat sie wirklich erzählt?" fragte er, die Augen ungläubig aufgerissen.

„Hm, hm." Eines schönen Tages würde mich der liebe Gott für meine Lügen bestrafen.

„Das glaube ich nicht." Er griff nach der Pizza, riß ein Stück ab und stopfte es in den Mund. Er sah mich nicht an, und ich wußte, daß er etwas zurückhielt.

„Tank." Ich berührte seine Hand. Er zuckte zurück, als wären meine Finger glühende Eisen.

„Sie hat mir noch mehr erzählt", sagte ich. „Ich weiß auch von der anderen Sache. Aber ich möchte es gern von Ihnen hören."

Das Herz schlug mir bis zum Hals. Ich hatte keine Ahnung, wonach ich suchte, nur das Gefühl, daß da etwas war. Tank legte die Pizza beiseite, und als er mich ansah, glänzten seine Augen feucht.

„Meine Mutter weiß nicht, wann es besser ist, den Mund zu halten, nicht wahr?"

„Manchmal hilft es, über die Dinge zu reden. Ich denke jedenfalls, daß es ihr geholfen hat." Ich wagte mich so weit vor, daß ich eine Bruchlandung befürchten mußte, aber Tank schien in Gedanken versunken. Er stieß einen abgrundtiefen Seufzer aus.

„Ich nehme an, Sie können es ruhig erfahren.“ Er zog die Schultern hoch, setzte sich in den Stuhl zurück und sah aus wie ein geprügelter Hund.

„Ich war noch sehr klein“, sagte er. „Hat sie Ihnen gesagt, wie klein ich war? Es regnete. Daran erinnere ich mich sehr genau. Ich lag im Bett, weil ich erkältet war. Auch daran erinnere ich mich noch gut. Ist das nicht komisch? Sich an etwas so Unbedeutendes wie eine Erkältung zu erinnern?“

„Erzählen Sie weiter“, sagte ich.

„Ich hörte Geräusche. Erst dachte ich an einen schlechten Traum. Dann merkte ich, daß der Lärm aus dem Schlafzimmer meiner Eltern kam. Meine Mama schrie. Ich war erst sechs, verstehen Sie. Aber es war meine Mama, und ihr wurde weh getan.“ Seine Schultern fielen herunter, und er hob die sichtbar zitternde Hand an die Augen.

„Es war Ihr Vater?“

Er sah mich an, als hätte ich ihm eine Pointe gestohlen. Seine Augen wurden schmal, und dann tat er etwas Besorgniserregendes. Er lachte. „Ja, es war mein Vater. Der Bürgermeister. Sind Sie schockiert? Damals war er natürlich noch nicht Bürgermeister.“

„Was war los?“

„Nun, wie gesagt, ich war erst sechs. Aber das hielt mich nicht ab. Ich rannte also ins Elternschlafzimmer, meiner Mutter zu Hilfe, und was fand ich dort?“

Er wollte mich offensichtlich herausfordern. Wir hatten beide die Pizzastücke hingelegt, und unsere Hände lagen ganz nah nebeneinander auf dem Tisch.

„Er schlug sie?“

„O ja“, sagte er mit belegter Stimme. „Sie hatte sich anscheinend geweigert, seine Version eines nachmittäglichen Vergnügens zu teilen. Damals wußte ich das selbstverständlich nicht. Nur daß er ihr weh tat. Sie hat mich zuerst gesehen, verstehen Sie?“

„Was hat sie dann gemacht?“

„Nun, er bedrängte sie, verstehen Sie, von hinten. Als sie den Kopf drehte und mich sah, schüttelte sie den Kopf und schickte mich raus. Aber sie weinte, und ich konnte sie doch nicht einfach verlassen. Ich stürzte mich auf ihn. Ich würde mich gern für tapfer halten, aber es war reiner Instinkt.“ Tanks Stimme kippte, er hielt die Hand vor den Mund, um das aufsteigende Schluchzen zu unterdrücken.

„Hat er sie vergewaltigt?“ Ich sah, daß ihn die Frage schmerzte, aber ich wußte keine andere Formulierung. Er nickte und versuchte, seine Gefühle unter Kontrolle zu halten. „Was geschah dann?“

„Nun, es war wohl gut, daß ich aufgetaucht war. Vielleicht hat er sich geschämt oder so. Jedenfalls hörte er auf damit, und das war's dann.“

„Er hat einfach aufgehört?“

Er nickte eifrig, wie der Sechsjährige, an den er sich erinnerte.

„Und danach?“ fragte ich.

„Was meinen Sie?“

„Ich meine, ob es je wieder vorgekommen ist?“

„O nein. Das war's. Heute weiß ich natürlich, daß er damals getrunken hat. Er hat seither keinen Tropfen mehr angerührt. Jedenfalls soweit ich mich erinnern kann. Ich bin mir aber sicher, daß die Geschichte damals auf Alkohol zurückzuführen war. Manche Männer reagieren so.“

„Was hat Ihre Mutter getan?“ fragte ich vorsichtig. „Nachdem Sie ihn gestoppt hatten, meine ich.“

Die Frage schien ihn zu erstaunen.

„Hat sie mit Ihnen darüber gesprochen? Hat sie ihn hinausgeworfen? Hat sie gebrüllt und geschrien?“

„Nein, nein, nein“, sagte er kopfschüttelnd. „Sie kennen offensichtlich meine Mutter nicht. Über so etwas würde sie nie sprechen. Für Lila McKenzie existieren unangenehme Dinge ganz einfach nicht. Sie tat, als wäre es nie passiert.“

„Und Ihr Vater? Hat er je über den Vorfall gesprochen?“

„Nicht daß ich wüßte. Ich erinnere mich nur noch an das, was ich Ihnen erzählt habe. Erstaunlich, daß ich mich überhaupt erinnere. Ich habe von meiner Kindheit größtenteils nur eine verschwommene Vorstellung.“

„Nun, für ein sechsjähriges Kind war das ein ziemlich traumatisches Ereignis. Es überrascht mich nicht, daß Sie sich so gut daran erinnern. Aber jetzt vertragen Sie sich offenbar ganz gut mit Ihrem Vater.“

„Ja, sicher. Manchmal ist er ein wenig tyrannisch. Aber im Grunde ist er ein guter Mensch. Er ist nicht der, den Sie suchen, falls Sie darauf hinauswollen.“

„Wie kommen Sie darauf?“

„Aber Cassidy. Ich bin nicht dumm. Warum sollten Sie sonst meine Mutter fragen, ob mein Vater sie einmal geschlagen hat? Der Eindringling schlägt anscheinend seine Opfer. Aber nur weil er sie ein einziges Mal vor urdenklichen Zeiten geschlagen und zum Sex gezwungen hat, bedeutet das nicht, daß er ein schlechter Mensch ist. Jeder sollte das Recht haben, einmal im Leben einen Fehler zu machen.“

Ich war mir nicht sicher, ob ich das Schlagen und Vergewaltigen der Ehefrau als „Fehler“ bezeichnen würde, aber darüber würde ich mit Tank nicht diskutieren. Er litt offensichtlich immer noch unter diesem Kindheitstrauma.

„Ehrlich gesagt, Tank, ich stelle allen die gleichen Fragen. Eins macht mir aber Sorgen. Ihre Mutter konnte an den fraglichen Tagen nichts über den Aufenthaltsort Ihres Vaters sagen. Sie sagte, ich soll mich an Sie wenden.“

Tank stieß ein spöttisches Lachen aus, griff nach seiner Pizza und meinte: „Meine Mutter könnte auch nie für ihren eigenen Aufenthaltsort bürgen. Sie haben sicher bemerkt, daß sie nicht immer alle Tassen im Schrank hat.“

„Ich finde, sie ist eine reizende, angenehme Frau. Sie mag Sie offensichtlich sehr gern.“

„O ja“, sagte er. „Ich wollte sie nicht kritisieren. Sie ist eben so. Das habe ich schon lange akzeptiert. Sie war natürlich nicht immer so. Es gab eine Zeit, da war sie eine sehr aktive Frau. Elternbeiratsvorsitzende und solche Sachen. Doch mit den Jahren ist sie irgendwie weggeglitten.“

„Sie können also bürgen?“ fragte ich und fühlte mich gemein, weil ich so viele alte Schmerzen aufrührte. Tank sah mich verständnislos an. „Können Sie für den Aufenthaltsort Ihres Vaters an den fraglichen Tagen bürgen?“

„Ob Sie es glauben oder nicht, ich habe bereits nachgeforscht. Nicht daß ich glaube, er hätte etwas damit zu tun. Aber als Sie uns aufforderten, die Zeiten aufzuschreiben, habe ich versucht zu rekonstruieren, was ich in der Zeit getan habe. Es ist erstaunlich, wie schwer man sich an so etwas erinnert. Aber das meiste bekam ich heraus. Nicht daß es sehr hilfreich wäre.“ Er kicherte und schüttelte den Kopf.

„Was wollen Sie damit sagen?“

„An zwei Tagen deckte ich meinen Vater." Als ich ihn verständnislos ansah, lächelte er traurig und sagte: „Da diente ich bereits meinem Vater als Alibi, verstehen Sie."

Ich hob die Augenbrauen. Ich hatte keine Ahnung, wovon er redete.

„Er betrügt sie", platzte er schließlich heraus. „Aber er will sie nicht kränken. Er nimmt mich ziemlich oft als Alibi. Tank und ich gehen zum Essen nach Kings Harbor. Tank möchte mit mir heute abend zum Bowling gehen. So in der Art. Er sagt mir immer, was er ihr erzählt hat, falls sie nachfragt. Das Komische ist nur, daß sie es fast nie tut."

„Ihr Dad hat sich zu den fraglichen Zeiten also mit jemandem getroffen?"

„Bei zwei Gelegenheiten ganz sicher. Bei den anderen weiß ich es nicht genau. Ich erinnere mich natürlich nicht mehr an das Datum von vor zwei Jahren. An die beiden letzten Daten allerdings schon."

„Würden Sie mir sagen, mit wem er sich getroffen hat?" Mein Herz klopfte sprunghaft. Das ging besser, als im Traum gedacht.

„Ich habe keine Ahnung", sagte er. „Und das ist die Wahrheit. Aber selbst wenn ich es wüßte, würde ich es Ihnen nicht sagen. Ich nehme an, es ist eine von hier. Vielleicht ist sie verheiratet. Es gibt genügend Frauen, die bereit und willens sind, glauben Sie mir. Er zieht sie an wie die Fliegen."

„Nun, Tank, das Problem ist, daß Ihr Vater damit überhaupt kein Alibi hat."

„Sie bellen den falschen Baum an", sagte er und war nun wirklich verärgert. „Nur weil mein Vater kürzlich gesagt hat, was er gesagt hat, haben Sie nicht das Recht, ihn als Mörder zu betrachten. Er ist immerhin der Bürgermeister. Sie können seinen Ruf schädigen, allein durch die Fragestellung. Ich finde, Sie sollten sich ein anderes Opfer suchen."

Er stand auf und beugte sich über die Pizza hinweg zu mir. Ich schnüffelte, obwohl ich bei Tank kein Old Spice vermutete. Richtig. Er benützt aber auch kein anderes Deodorant, dachte ich und fragte mich, warum so viele Männer in Cedar Hills ihren Schweißgeruch zu mögen schienen. Vielleicht eine Macho-Masche, die Frauen einfach nicht verstanden. Was immer es war, der Geruch paßte nicht gut zu Peperoni-Pizza.

„Tank, vielen Dank, daß Sie sich die Zeit genommen haben, mit mir zu reden. Danke. Und ich wollte Ihren Vater nicht beschuldigen. Ich befrage nur eine Person nach der anderen, damit ich sie von meiner Liste streichen kann." Ich versuchte, ihm mein unschuldigstes Lächeln zu schenken, aber ich war mir nicht sicher, ob es gelang.

Als ich zur Tür ging, rief er mir nach: „Lassen Sie sich einen guten Rat geben. Vielleicht sollten Sie ihn nicht gerade heute befragen, Cass. Sie sind nämlich zur Zeit nicht sehr beliebt bei ihm. Geben Sie ihm Gelegenheit, sich über die Freizeitparkgeschichte zu beruhigen, dann haben Sie vielleicht mehr Glück mit einem Gespräch."

„Danke, Tank. Ich weiß Ihren Rat zu schätzen. Und vielen Dank für die Pizza."

Ich ging hinaus. Mein Kopf drückte mich so schwer wie meine Blase. Wenn ich nicht umgehend eine Toilette fand, würde es unangenehm werden, dachte ich und stürzte in Lizzies Lokal.

20

Nachdem ich die bewußte Örtlichkeit benutzt hatte, ließ ich mich von Lizzie zu einem Bier einladen. Es war Freitag und das Lokal bereits gesteckt voll mit einer trinkfreudigen Gesellschaft. Als ich mich setzen wollte, merkte ich, daß ich hier keinen klaren Gedanken fassen konnte. Das mußte ich aber unbedingt tun. Doch nach der Pizza war ich durstig, und ein Bier würde meine kognitiven Fähigkeiten nicht zu sehr beeinträchtigen, sagte ich mir.

„Na, den Perversen gefunden?" fragte Gus Townsend.

„Man hört, es sei derselbe, der Susie Popps umgebracht hat. Sieht aus, als wäre er nicht mehr nur ein Perverser", fiel Ed Green ein.

Innerhalb weniger Minuten beteiligte sich die ganze Bar an dem Gespräch. Ich zuckte die Schultern, blickte Lizzie entschuldigend an und schluckte mein Bier, so schnell es der Anstand erlaubte. Es war schwierig, die Fragen abzuwehren. Ich wollte so schnell wie möglich raus.

„Bis bald, Cass", rief Lizzie, als ich mich verdrückte.

Susies Tod hatte die Stadt erschüttert, aber am meisten die anderen Opfer des Eindringlings. Sie wußten, daß es auch sie hätte treffen können. In Lizzies Augen aber stand nicht Angst, sondern wilde Entschlossenheit. Mittlerweile sah sie wieder wie sie selbst aus. Nach dem öffentlichen Bekenntnis vor den anderen Frauen war ihr Schritt fast so beschwingt wie früher.

Was sollte ich als nächstes unternehmen? Ich mußte mit Booker sprechen, aber als ich am Büro des Sheriffs vorbeikam, war es geschlossen. Er war wohl noch auf der Suche nach Sisson. Ich ging am Büro des Bürgermeisters vorbei, weil ich ein wenig spazierengehen und meine Gedanken ordnen wollte. Tank war nicht mehr da, und im Fenster hing das Schild „Geschlossen". Beim nächsten Häuserblock kam mir eine Idee, und bevor ich sie mir ausreden konnte, war ich umgekehrt und zum Bürgermeisterbüro gegangen.

Es lag wie das Büro des Sheriffs in einem alten umgebauten Wohnhaus. Das hieß, daß es möglicherweise einen Hintereingang gab. Ich spähte in alle Richtungen und kam ungesehen auf die Rückseite des Gebäude. Die Hintertür war verschlossen.

Warum hatte ich meine Dietriche nie dabei, wenn ich sie brauchte? Weil du nicht auf einen Einbruch vorbereitet warst, als du von zu Hause weggegangen bist, Cassidy.

Ich schlich ums Haus und prüfte die Fenster, aber auch die schienen fest gesichert. Ohne meine Dietriche mußte ich mich auf einen alten Einbrechertrick verlassen. Ich konnte die Tür nicht einfach eintreten, der Lärm könnte jemand aufmerksam machen. Ich ging wieder zum Hintereingang, nahm eine Kreditkarte aus meiner Geldbörse und steckte sie zwischen Rahmen und Schloß. Irgendwo bellte ein Hund und ließ mich zusammenzucken. Ich bewegte die Plastikkarte vor und zurück, bis das Metallschloß Klick machte und die Tür aufschwang.

Ich schlüpfte hinein und machte klopfenden Herzens die Tür hinter mir zu. Wenn jetzt der Bürgermeister oder Tank hereinkamen, wäre ich wirklich in Schwierigkeiten. Ich könnte deswegen meine Lizenz verlieren.

Dann schlich ich wie ein Dieb ins ehemalige Schlafzimmer, das jetzt dem Bürgermeister als Privatbüro diente. Wonach ich suchte, wußte ich nicht, aber ich öffnete Schubladen, sah in Schränken und hinter den Büchern auf dem Regal nach, in der Hoffnung, einen Hinweis auf die Schuld des Bürgermeisters zu finden. Doch ich fand nichts Spannenderes als unter einem Aktenordner versteckt ein Päckchen Schokoriegel. Mr. Gesundheitsapostel war anscheinend ein heimliches Leckermaul. Aus irgendeinem Grund erheiterte mich das außerordentlich.

Ich ging in den nächsten Raum, der viel kleiner war und nicht annähernd so ordentlich. Hier verrichtete wohl Tank seine Arbeit als Assistent des Bürgermeisters, worin auch immer die bestand. Ich widmete dem Raum die gleiche Aufmerksamkeit wie dem vorigen, mit dem gleichen trüben Ergebnis. Ich sah auf die Uhr und stellte überrascht fest, daß viel Zeit vergangen war. Ich forderte mein Glück heraus, das wußte ich, aber Herumschnüffeln ist eine Sucht. Ich mußte die Sache durchziehen.

Dann überprüfte ich das Badezimmer und sah im Spülkasten und unter der Fußmatte nach, ohne mir viel davon zu versprechen. Ich fand auch nichts.

In der Küche stolperte ich schließlich über etwas, ganz wörtlich genommen. Die Dielen des Hauses waren noch aus altem Hartholz und mit farbenfrohen Läufern bedeckt. Der Teppich in der winzigen Küche lag nicht glatt und ließ mich stolpern. Was mich wiederum veranlaßte, unter dem Teppich nachzusehen, weil die Leute oft unter Teppichen Fußbodensafes verstecken. Ich sah gleich im ganzen Haus unter den Teppichen nach und war enttäuscht, als ich keinen entdeckte. Aber der Gedanke an einen Safe hatte sich in meinem Kopf festgesetzt, und ich ging ins Büro des Bürgermeisters zurück, wild entschlossen, ihn zu finden, wenn es denn einen gab.

Es war so offensichtlich, daß es mir ins Gesicht sprang. Der Bürgermeister hatte sein Büro mit der Art Bilder und Nippes geschmückt, die nur Jäger zu schätzen wissen. Viehherden und Cowboys und auf Bretter montierte Jagdtrophäen lassen mich einfach kalt. Aber hinter dem Kopf eines riesigen Hirsches fand ich, was ich suchte.

Der Safe hatte einen Durchmesser von nur dreißig Zentimentern und sah selbstgebaut aus. Ein Loch in der Wand war mit Holz eingefaßt und eine Metallbox hineingeschoben, über die ein Holzrahmen genagelt worden war. Wenn auch nicht sehr elegant, erfüllte es doch seinen Zweck. Das Schlüsselloch und die kleine Türklappe sahen ziemlich simpel aus und waren sicher leicht zu knacken. Und wieder hätte ich mich ohrfeigen können, daß ich meine Dietriche nicht dabei hatte. Nun, ich mußte eben improvisieren.

Ich durchwühlte den Schreibtisch des Bürgermeisters nach einem hilfreichen Gegenstand. Ich versuchte es mit einer Büroklammer, einer Schere, die eindeutig zu groß war, und einem Fingernagelknipser. Nach zehn Minuten legte ich alles enttäuscht zurück. Die Zeit lief davon, ich ging ein Risiko ein, aber ich war doch schon so nahe dran! Ich war sicher, daß der Bürgermeister, sollte er wirklich der Mörder sein, ein Versteck für das Messer brauchte, mit dem er Susie umgebracht hatte. Wenn er es nicht bereits entsorgt hatte. Aber selbst dann hatte er mit Sicherheit noch irgendwo den Elektrostab und die Strümpfe. Gab es einen besseren Platz dafür als sein Büro?

Ich hätte natürlich auf Booker und eine Durchsuchungserlaubnis warten können. Aber ohne begründeten

Verdacht gab es keine Erlaubnis. Und überhaupt bekam meine Neugier die Oberhand.

Schließlich fand ich in der Küche das passende Werkzeug: den kurzen Dorn eines Korkenziehers. Wozu der Bürgermeister als bekennender Abstinenzler einen Korkenzieher brauchte, war mir schleierhaft – aber es freute mich, daß er einen besaß. Mit ein paar Handgriffen gelang es mir schließlich, das Metallschloß zu knacken.

Als ich den Safe öffnete, klopfte mein Herz so laut, daß ich die Eingangstür erst hörte, als es zu spät war. Da stand ich vor dem geöffneten Safe und starrte mit offenem Mund auf die vielen Strumpfpackungen und ein gefährlich aussehendes Jagdmesser. Das daneben war wohl der elektrische Schlagstock. Dahinter lagen zwei schwarze Skimasken, an einer hing noch das Preisschild. Schnell schloß ich den Safe und hievte die Jagdtrophäe wieder an die Wand. Meine Hände zitterten, als ich zur Hintertür rannte in der Hoffnung, daß, wer immer eben gekommen war, noch vorn war. Doch als ich in den Flur kam, stand ich direkt vor Bürgermeister Mack McKenzie.

„Was zum Teufel soll das?“ fragte er und machte einen Satz rückwärts. Auf seinem Gesicht verwandelte sich die Überraschung schnell in Wut. „Können Sie mir sagen, was Sie in meinem Büro verloren haben?“ Das war eine rhetorische Frage. Die blaue Vene in seinem Nacken klopfte bereits heftig.

„Ich wollte eigentlich zu Ihnen“, sagte ich und versuchte ruhig zu klingen. Mein Herz raste.

„Ich rufe die Polizei“, sagte er und kam auf mich zu.

„Gut. Das wollte ich eben auch tun.“

„Was soll das heißen?“

„Ich denke, Sie wissen, wovon ich rede, Mack. Aber

nur zu.“ Ich stand direkt an der Tür zu seinem Büro und konnte unmöglich an ihm vorbei zum Hinterausgang rennen. Eine heikle Situation. Im Moment wußte er noch nicht, daß ich das Beweismaterial gefunden hatte. Wenn ich ihn so lange ablenken konnte, bis ich draußen war und Booker informieren konnte, hatte ich vielleicht eine Chance. Andererseits hätte er dann Zeit, die Beweise verschwinden zu lassen.

Er nahm mir die Entscheidung ab, indem er an mir vorbei in sein Büro ging. Ich sah ihm nach und merkte zu meinem Entsetzen, daß der Hirschkopf schief an der Wand hing. Es dauerte nicht lange, da sah Mack es auch.

„Ich nehme Sie fest“, sagte ich und zog meine Pistole.

„Und ich verklage Sie wegen Einbruchs!“ schrie er. „Sie haben kein Recht, hier einzudringen!“

„Hände hoch, Bürgermeister. Bitte.“

„Wollen Sie mich erschießen? Los, trauen Sie sich.“

O je, nun *klang* er auch noch wie Clint Eastwood. Ohne die Angst hätte ich das vielleicht lustig gefunden.

Mack kam langsam auf mich zu; daß meine Hand zitterte, war mir überaus peinlich. Er sah es und kicherte.

„Das genügt“, sagte ich. Meine Hand umklammerte die Pistole, den Finger fest am Abzug.

„Was geht hier vor?“ fragte eine Stimme hinter mir.

Ich wirbelte herum, Mack warf sich auf mich, packte meine Hand und bog sie zurück, bis die Pistole einfach zu Boden fiel.

„Tank, hol den Sheriff!“ brüllte ich und krümmte mich vor Schmerzen im Handgelenk.

„Hiergeblieben!“ bellte der Bürgermeister.

„Könnte mir vielleicht jemand sagen, was hier los ist?“

„Dieses Miststück ist eben in mein Büro eingebrochen,

das ist los“, sagte Mack. Er verdrehte weiter mein Handgelenk, mir war vor Schmerz der Schweiß ausgebrochen.

„Tank, Booker muß kommen. Bitte glauben Sie mir einfach!“ flehte ich. Seine Augen schossen zwischen seinem Vater und mir hin und her.

„Geh nach Hause, Junge. Ich kümmere mich um alles. Du mußt nicht hineingezogen werden. Los, geh.“

„Sehen Sie im Safe nach, Tank!“ sagte ich. Als er mich verständnislos anblickte, deutete ich mit dem Kinn auf die Wand. „Hinter dem Hirsch. Machen Sie es auf!“

Eine halbe Ewigkeit überlegte Tank. Schließlich zuckte er mit den Schultern und ging auf den präparierten Tierkopf zu. Dabei mußte er an uns beiden vorbei. Er bückte sich, hob meine Pistole auf, die über den Fußboden geschlittert war, drehte sich um und zielte auf mich.

„Ich hab’ sie, Dad. Du kannst sie loslassen. Ich glaube, du tust ihr weh.“

Zu meiner Erleichterung ließ Mack meine Hand los. Wir standen nebeneinander und blickten erwartungsvoll auf Tank.

„Und nun?“ fragte Tank.

Mack ging auf seinen Sohn zu.

„Moment!“ rief ich. „Sehen Sie her!“ Ich rannte zum Safe, riß den Tierkopf herunter und warf ihn auf den Boden. Die Tür des Safes war nur angelehnt, ich riß sie auf.

„Hier! Sehen Sie?“

Tank stand mit heruntergeklapptem Kinn da und starrte in den Safe. Langsam, als bewegte er sich unter Wasser, drehte er die Pistole und zielte auf seinen Vater, dann schwenkte er sie auf mich.

„Die Person, die Susie Popps umgebracht hat, benutzte ein solches Messer, Tank. Der Mann, der bei den Frauen eingedrungen ist, trug eine solche Skimaske, nur hat er sie bei Susie vergessen und mußte sich eine neue kaufen. Sehen Sie, Tank, an einer ist das Preisschild noch dran. Und er hat sie mit Strümpfen gefesselt und mit einem elektrischen Schlagstock bewußtlos gemacht. Tut mir leid, aber so war es!"

„Sie hat das alles selbst hineingelegt! Tank, du wirst ihr doch nicht glauben!" Macks Stimme klang hysterisch.

Tank ging zum Schreibtisch seines Vaters und nahm den Telefonhörer ab. Seine rechte Hand umklammerte immer noch meine Pistole, die nun fest auf seinen Vater gerichtet war. Mit der linken drückte er die Zahlen, ich hielt den Atem an. „Rita? Tank hier. Hören Sie, ist der Sheriff da? Könnten Sie ihn bitten, sofort zu kommen? Wir haben hier ein kleines Problem. Hm, ja, man kann es wohl einen Notfall nennen. Ich habe eben erfahren, daß mein Vater Susie Popps umgebracht hat."

21

Sadie Long war über sich hinausgewachsen. Ich bewunderte die Geschwindigkeit, mit der sie eine Sonderausgabe der *Cedar Hills Press* herausgebracht hatte. Alle vier Seiten widmeten sich ausschließlich dem *Maskierten Eindringling,* wie ihn nun alle nannten.

Auf der Titelseite war ein Foto von mir, wie ich auf der Versammlung redete. Es gab Interviews mit einigen der überfallenen Frauen und einen wunderbaren Artikel über

Susie Popps. Die Rückseite war ganz dem Lebenslauf von Mack McKenzie gewidmet, mit Bildern von ihm als kleinem Jungen; als Schulkind und Gewinner des jährlichen Schwimmwettbewerbs, auf dem er einen riesigen Pokal hochhob; dann ein Bild von ihm in weißer Marineuniform, den Arm um Lila gelegt, und schließlich eines von der Versammlung letzten Mittwoch. Sadie hatte ihn nach Susies Rede geknipst und die wilde Wut in seinen Augen perfekt eingefangen.

Es war erst Mittag, aber bei Lizzie gab es nur noch Stehplätze. Ich saß auf einem Hocker neben Booker und Jess, vor mir standen drei Gläser. Anscheinend wollten mich alle zu einem Drink einladen. Es war nicht ungewöhnlich, daß in Cedar Hills an einem Samstagmittag getrunken wurde, ungewöhnlich waren nur die vielen Frauen in der Bar. Die Stimmung war irgendwie festlich, obwohl es die Leute schockierte, daß Mr. Mack der Täter sein sollte. Alle redeten gleichzeitig, und Lizzie war bis an die Grenzen gefordert. Sie sah mindestens zehn Jahre jünger aus als vor einer Woche. Sie lächelte sogar.

„Das war übrigens nicht das einzige, das wir im Safe gefunden haben", sagte Booker gerade. „Da waren auch noch höchst verdächtige Papiere, von ihm, Sisson und Brand unterschrieben. Mack hätte ein saftiges Schmiergeld bekommen, wenn der Freizeitpark durchgegangen wäre."

„Kein Wunder, daß er so scharf darauf war", sagte Jess.

„Einem Mann, der nicht hin und wieder ein Bier trinkt, habe ich noch nie getraut", erlaubte sich Gus Townsend zu bemerken.

„Der Handel war oberfaul. Kein Wunder, daß Sisson nach der Versammlung abgetaucht ist. Er hat wohl gewußt, daß die Geschichte kurz vor dem Auffliegen war."

„Mir tut nur Tank leid“, sagte Tommy Greene.

Mir auch, dachte ich und fragte mich, wo Tank jetzt steckte. Das erinnerte mich an Lila McKenzie. Als Booker ihr gestern abend die Nachricht überbrachte, hatte sie eigenartig reagiert. „Sie ist nicht mal weinend zusammengebrochen“, hatte Booker gesagt. Die Ozonschicht über dem Reich des Wahnsinns war wohl ziemlich dick.

„Susie Popps tut mir am meisten leid“, sagte jemand. Das wirkte auf alle ernüchternd, die Leute griffen zu ihren Gläsern. Jess bediente sich mit einem von meinen.

„Sadie, wie schaffen Sie es, die Zeitung immer so schnell hinzukriegen?“ fragte Tommy. Sadie trank Whisky pur, und immer wenn sie einen gekippt hatte, schenkte Lizzie ihr nach.

„Ich wollte sowieso eine Sonderausgabe über den Eindringling rausbringen. Als dann Susie starb, schrieb ich einen Artikel über sie. Es paßte einfach alles zusammen.“ Quer durch den Raum zwinkerte sie mir zu.

Ja, und wenn man etwas so lange unterdrückt. Wie Lizzie sah auch Sadie wie eine jüngere, lebhaftere Version ihres früheren Selbst aus. Sogar ihre Wangen glühten.

Erica saß neben Sadie und nippte an einem Glas Rotwein. Lizzies Weinkarte beschränkte sich auf die Grundfarben rot, rosé und weiß. Es war vermutlich besser, nicht nach der Marke zu fragen. Erica trank in winzigen Schlückchen und versuchte, nicht die Nase zu rümpfen.

„Ist Mack immer noch der Meinung, daß Cassidy ihn reingelegt hat?“ fragte sie Booker. Seit jenem Morgen redeten sie erstmals wieder miteinander, und ich sah erleichtert, daß Booker sie anlächelte.

„Er hat sich eine Anwältin aus Kings Harbor besorgt, aber die glaubt ihm wohl auch nicht. Sicher wird er einen anderen Gerichtsstand beantragen. Hier in der Gegend hat er nichts mehr verloren."

„Was mich angeht, hat er im Gefängnis die beste Überlebenschance", sagte Lizzie. Sadie strahlte sie mit glänzenden Augen an.

„Wo ist Rosie?" fragte ich Booker.

„Sie hatte keine Lust mitzukommen. Wollte backen. Sie setzt mich auf diese verdammten Diäten, und dann kriegt sie ihre Backanfälle. Es ist hart, mit einer guten Köchin verheiratet zu sein, Cass, das kann ich Ihnen sagen."

Erica hatte angefangen, mir Augen zu machen, und ich wußte nicht, was tun. Alles war so schnell geschehen, daß kaum Zeit war, die Dinge in meinem Kopf zu sortieren. Ich war nur hereingekommen, weil Jess mich gedrängt hatte, eine Runde mit den anderen zu trinken, und weil ich Sadies Sonderausgabe sehen wollte. Das hatte ich getan, nun gab es nur noch eine Sache, die ich hinter mich bringen wollte, und ich fürchtete mich davor. Ich verabschiedete mich von der überfüllten Bar und trat hinaus in den blendend hellen Tag. Erica folgte mir.

„Warum hast du das Gefühl, gehen zu müssen?" fragte sie. Wir gingen stadtauswärts statt zum Hafen.

„Betrachte es einfach als Zufälligen Akt Freundlicher Zuwendung", sagte ich. Als sie mich fragend ansah, erklärte ich Tommys neuesten Kreuzzug.

Als wir zur Einfahrt von McKenzies Haus kamen, krampfte sich mein Magen zusammen. Mein Klopfen wurde nicht beantwortet, und die Türglocke blieb stumm. Ich drückte die Klinke, die Tür war verschlossen. „Los", sagte ich. „Gehen wir ums Haus."

Lila war, wo ich sie vermutet hatte, bei der Arbeit in ihrem Dahliengarten. Sie trug ein hübsches gelbes Hemd in eine alte Hose gesteckt, dazu rosarote Gartenhandschuhe und einen riesigen Strohhut als Sonnenschutz für ihre helle Haut, ihr Gesicht war perfekt geschminkt.

„Lila?“ fragte ich vorsichtig.

Als sie aufblickte, sah ich den entrückten Ausdruck auf ihrem Gesicht, der mich gestern schon beunruhigt hatte. Sie sah womöglich noch abwesender aus als vorher.

„Ich wollte nur sehen, ob alles in Ordnung ist, ob Sie etwas brauchen.“

Sie jätete weiter und schüttelte den Kopf.

„Ich bedauere die Sache“, sagte ich. Meine Stimme schien sie zu erschrecken. „Kommen Sie allein zurecht?“

Sie sah mich an, als hätte ich verlangt, die *Odyssee* aufzusagen. Dann wurden ihre Augen ein wenig klarer, und eine Träne glitt über ihre Wange.

„Könnten wir nicht auf die Veranda gehen?“ fragte ich. Sie nickte und ging voraus. Erica folgte uns.

„Haben Sie gehört, daß sie Mack für einen Mörder halten?“ fragte Lila. „Können Sie sich so etwas vorstellen?“

„Erinnern Sie sich, daß ich gestern gefragt habe, ob Mack Sie je geschlagen hat?“ Sie nagte an ihrer Unterlippe. „Sie haben mir nicht die Wahrheit gesagt, Lila. Warum?“

Noch eine Träne rollte über ihre Wange, sie schien es nicht zu bemerken. „Ich will mich nicht daran erinnern“ sagte sie hilflos.

„Es ist aber wichtig, sich zu erinnern, Lila. Das hilft Ihnen, dies durchzustehen. Sie erinnern sich, nicht wahr?“

Sie schüttelte den Kopf, aber als noch mehr Tränen flossen, wurde ein Nicken daraus.

„Nur Mut, Lila. Das Reden wird Ihnen gut tun.“ Ich wußte nicht, warum ich das tat, aber Lila McKenzie brauchte eine Freundin.

„Es ist so lange her“, sagte sie. „Mack war damals ganz anders. Er trank viel und war oft wütend. Eines Tages kam er früher nach Hause und fand mich bei einem Schwatz mit dem Milchmann. Damals gab es noch Milchmänner. Es war vollkommen harmlos. Aber Mack wurde fuchsteufelswild. Er wollte sofort Sex mit mir machen.“ Sie stockte beschämt. „Ich sagte, ich hätte meine Tage, aber das war ihm egal. Er sei mein Ehemann, und ich hätte zu tun, was er und wann er es wollte. Ich fürchtete mich vor ihm.“ Ihre Augen verschleierten sich wieder, und sie erzählte die Geschichte, als wäre sie einer Fremden passiert. „Er zwang mich ins Schlafzimmer, ich sagte noch einmal, daß ich nicht wollte, und... da hat er mich geschlagen.“ Sie blickte zu mir auf, als wäre das das Ende der Geschichte.

„Und dann?“ fragte ich.

„Oh, nun, wir taten es. Wir liebten uns, will ich sagen.“

„Was für eine Liebe war das, Lila? Er hat Sie vergewaltigt, nicht wahr? Er hat Sie gezwungen. Das ist keine Liebe, das ist Vergewaltigung.“

Sie nickte.

„Und dann kam plötzlich Tank herein.“

„Woher wissen Sie das?“ Sie weinte. „Ich habe niemand davon erzählt!“

„Erzählen Sie, was passiert ist, Lila.“

„Armer kleiner Tankie“, sagte sie mit bebender Stimme. „Er tat mir so leid. Ich wollte ihn wegschicken, aber er hörte nicht auf mich. Schließlich hob Mack ihn auf und trug ihn weg.“

„Wohin?“ fragte ich. Das hatte Tank mir nicht gesagt.

„In sein Zimmer!“ Ihre Schultern bebten, und sie hatte Mühe, die Worte herauszubringen. „Er brüllte und schrie Mommy, Mommy, Mommy, aber ich war so gekränkt, so verletzt, und ich dachte, Mack würde ihm nur den Hintern versohlen, verstehen Sie, und daß es gleich vorbei wäre. Und dann war es vorbei." Sie atmete tief durch. „Ich war so erleichtert. Ich dachte, Mack würde zurückkommen, aber er kam nicht. Er blieb die ganze Nacht weg. Ich war zu gedemütigt, ich konnte Tank nicht ins Gesicht sehen. Als er nicht aus seinem Zimmer kam, dachte ich, es sei ihm vielleicht genauso peinlich wie mir. Erst am nächsten Tag merkte ich, was Mack getan hatte. Daß er Tank mit seinem eigenen kleinen Hosengürtel geschlagen hatte. Als ich Tank gefesselt fand, seine Unterhose in den Mund gestopft, war ich so wütend! Der arme Junge hatte eine schreckliche Erkältung, und da lag er nackt und zitternd auf dem harten Holzboden und bekam kaum Luft."

Mein Magen hatte sich verknotet, mir wurde übel.

„Sie... Mack hat ihn die ganze Nacht so liegen gelassen?" Ich brachte die Worte kaum heraus. „Was haben Sie getan?" Ich wollte nicht anklagend klingen, konnte es aber nicht verhindern.

„Nichts." Sie schluchzte. „Ich tat, als wäre es nie geschehen! Er machte es nicht oft, verstehen Sie. Nur wenn er getrunken hatte. Und dann hat er mich nie mehr geschlagen. Armer, armer Tankie. Er wollte seinem Vater so sehr gefallen, wollte keinen Fehler machen. Aber immer war etwas – eine zerbrochene Vase, ein unaufgeräumtes Zimmer. Man wußte einfach nie, worüber Mack sich aufregen würde." Ihr abgehacktes Schluchzen machte es schwer, sie zu verstehen. „Ich lernte, mich nicht einzumischen. Nach diesem ersten Mal band er Tank immer so locker fest, daß er sich selbst befreien konnte. Und dann war es vorbei und alles für eine Weile wieder ganz normal."

Langsam erfaßte ich die Tragweite des Gesagten. Und plötzlich glaubte ich, mich übergeben zu müssen.

„Gib mir die Zeitung", sagte ich zu Erica, die die Sonderausgabe in ihre Handtasche gesteckt hatte. Ich sah auf die Rückseite und auf das Bild des jungen McKenzie, der einen riesigen Pokal über den Kopf hob. „Mack muß ein guter Schwimmer gewesen sein", sagte ich zu Lila.

„Ja, das war er. Er schwimmt immer noch gern."

„Und Tank?" Ich fürchtete mich vor der Antwort.

„Haßt das Wasser", sagte sie. „Sein Vater hat ihn in den See geworfen, da war er erst vier. Das sei die beste Art, schwimmen zu lernen, behauptete er. Aber es hat nicht funktioniert. Tank wäre beinahe ertrunken. Er schwimmt immer noch nicht gut, soviel ich weiß."

Der Mann, der Rosie umzubringen wollte, auch nicht, dachte ich und erinnerte mich an das ungeschickte Gezappel von Rosies Angreifer. Das waren nicht die eleganten Bewegungen eines guten Schwimmers. Ericas Augen waren groß geworden, und ich wußte, daß sie das gleiche dachte wie ich. „Wenn Tank diese Zeitung gesehen hat...", fing sie an.

„Dann weiß er, daß wir Bescheid wissen." Wir sprangen auf. „Lila, schließen Sie die Türen ab und öffnen Sie niemand. Auch Tank nicht."

„Warum?" fragte sie ängstlich. „Ich verstehe nicht."

Aber ich verstand. Ich hatte den falschen Mann gefaßt. Und der wirkliche Mörder hatte mir geholfen, indem er den eigenen Vater ausschmierte. Fast wäre es ihm gelungen. Ich rannte zur Tür. Aber drei Leute wußten, daß der Mörder nicht schwimmen konnte. Angefangen mit Rosie.

22

Erica und ich rasten zurück in die Stadt. Sie stürzte in Lizzies Lokal, um Booker zu verständigen, während ich weiter zum Hafen rannte. Hoffentlich kamen wir nicht zu spät. Ich war über alle Maßen froh, daß ich meine .38er am Abend zuvor im Boot gelassen hatte.

Ich rauschte durch den Kanal und brach dabei alle Geschwindigkeitsrekorde, dann über den See Richtung Booker. Die Strecke kam mir ewig lang vor.

Das Haus sah aus wie immer, und ich dachte schon, ich hätte überreagiert. Vielleicht hatte ich mich in Tank doch geirrt. Ich eilte zum Haus hinauf und lauschte auf verdächtige Geräusche. Als ich am Stall vorbeikam, hörte ich nur das Wiehern des Mustangs. Erica und Booker waren anscheinend noch nicht eingetroffen.

Ich ging zum Hintereingang, zog meine Pistole und kam mir ein bißchen lächerlich vor. Wenn Rosie nun nicht in Gefahr war und zur Tür kam, traf sie womöglich der Schlag. Ich spähte durch das Türfenster.

Wenn du zum erstenmal etwas siehst, von dem du bisher nur gehört hast, braucht der Kopf manchmal eine Weile, bis er begreift, was los ist. Als ich verstand, was ich sah, stürzte ich durch die Tür. Ich roch das Gas.

„Loslassen, Tank", sagte ich und zielte mit dem Lauf meiner Pistole direkt zwischen seine Augen.

„Ich hoffte, Sie würden nicht kommen, Cass. Ich muß

es tun, verstehen Sie nicht? Ich wollte niemandem weh tun. Aber dann haben Sie sich eingemischt, Susie sah mein Gesicht, und so ist es einfach passiert. Ich muß es jetzt tun, bevor alles auffliegt."

„Es ist zu spät, Tank. Lassen Sie sie los."

„Wenn das blöde Foto nicht in der Zeitung erschienen wäre, wie er den Schwimmwettbewerb gewinnt, hätte all das nicht geschehen müssen."

„Werden Sie meinen Kopf auch in den Ofen stecken, Tank?" fragte ich. Rosie begann, unkontrolliert zu husten. Wenn ihr Kopf nicht bald aus dem Backofen kam, würde sie ersticken.

„Ich wollte Sie nicht umbringen, Cass. Ich mochte Sie. Und Sie waren so leicht zu manipulieren."

Mir gefiel gar nicht, wie er in der Vergangenheitsform von mir sprach. „Ich warne Sie, Tank. Ich zähle bis drei. Wenn Rosie dann nicht frei ist, schieße ich." Ich zählte laut. Er rührte sich nicht.

Ich zitterte, der Griff der Pistole lag schweißnaß in meiner Hand. Aber Rosie hatte ihren Widerstand aufgegeben, ihr Körper wurde schlaff. Ich nahm die Pistole in beide Hände und drückte ab.

Tank schrie, prallte auf den Küchenboden und hielt sich die Schulter. Rosie fiel hustend und nach Luft schnappend zu Boden. Ich stürzte zu ihr und half ihr auf die Beine, drehte das Gas aus und riß das Fenster auf.

„Alles in Ordnung?" fragte ich. Ihre Augen waren weit aufgerissen, aber sie nickte. „Booker ist auf dem Weg."

Als ich mich umdrehte, war Tank durch die Hintertür verschwunden und rannte Richtung Pferdeställe. Ich setzte ihm nach. Ich bin eine gute Läuferin, konnte aber kaum mit ihm mithalten.

Plötzlich hörte ich ein Krachen, ich wirbelte herum und sah Tank auf dem Appaloosa direkt auf mich zu rasen. Ich warf mich zur Seite, um nicht zertrampelt zu werden. Bevor ich zu Boden schlug, sah ich den irren Blick in Tanks Augen.

Ich hatte nur eine Wahl. Sie beäugte mich mißtrauisch, aber was blieb mir übrig? Ich schnappte ein Geschirr aus der Sattelkammer, näherte mich vorsichtig und gab dabei Töne von mir, die hoffentlich beruhigend klangen.

„Komm schon, altes Mädchen", flüsterte ich aufmunternd, schob ihr das Eisen zwischen die Zähne, zog ihr die Zügel über die Ohren und befestigte den Lederriemen unter ihrem Hals. Für einen Sattel war keine Zeit. Bevor sie protestieren konnte, sprang ich auf ihren Rücken und drückte die Fersen in ihre Flanken. Sie bäumte sich auf und versuchte mich abzuwerfen.

„Jetzt nicht", sagte ich, tätschelte mit einer Hand ihren Hals und zog mit der anderen die Zügel an. Sie schnaubte streitlustig, ich merkte, daß sie an Bocken dachte. Ich schnalzte mit der Zunge und gab ihr einen kräftigen Kick. Sie schoß nach vorn. Erleichterung.

Tank hatte einen Vorsprung, aber ich wußte, daß meine Stute schneller war. Sie reagierte auf meine Befehle überraschend gut. Ich hatte sie nie ohne Sattel geritten, es schien ihr zu gefallen.

Der Appaloosa wandte sich nach Osten. Wenn er es bis zum Wald schaffte, konnte er leicht entwischen. Und mich aus dem Hinterhalt überfallen. Ich war froh über die .38er in meinem Schulterhalfter.

Um die Kurve kommend, sah ich tatsächlich das Hinterteil des Appaloosa im Tannendickicht verschwinden. Hatte er den Pfad Richtung Norden eingeschlagen oder einen direkten Weg durch den Wald gesucht? Ich brachte mein Pferd zum Stehen und lauschte, aber ich hörte nur das Schnauben der Stute und mein Herzklopfen.

Ich betrachtete den Boden. Vom letzten Regen war die Erde noch so feucht, daß die Hufe des Appaloosa deutliche Abdrücke hinterließen. Erleichtert stellte ich fest, daß Tank den Saumpfad genommen hatte.

Ich schrieb jede Vorsicht in den Wind, kickte meine Stute in die Flanken und trieb sie zur Eile. Es war ein harter Ritt, aber wir waren nicht zum erstenmal hier, und sie kannte den Weg.

Plötzlich sah ich ihn vor mir. Er war nur noch etwa hundert Meter entfernt. Da merkte ich, daß wir uns dem Gebiet der Ranch näherten. Wir waren im Kreis geritten. Die Ranch war von dem Zaun begrenzt, den zu überspringen sich mein Pferd vor einer Woche geweigert hatte. Tank wurde langsamer, woraus ich schloß, daß er genausoviel Angst vor dem Zaun hatte wie ich.

Jetzt könnte ich schießen, dachte ich und holte die Pistole aus dem Halfter. Aber Tank hatte sich entschlossen und raste auf den Zaun zu. Ich folgte ihm und zwang meine Stute, einmal in ihrem Leben das Richtige zu tun.

Der Appaloosa spannte seine Muskeln und setzte über den Zaun, als wäre er dafür geschaffen. Ich spürte, wie auch mein Pferd die Muskeln anspannte, wie sein Hinterteil zuckte, und sah es entschlossen die Ohren anlegen.

„Los, Baby, diesmal schaffst du's", murmelte ich.

Ich richtete mich auf einen eleganten Sprung ein. Aber dann bremste das Vieh nicht nur ab, sondern bockte auf eine Weise, wie sie in der ganzen Geschichte des Pferdesports noch nie gesehen worden war, worauf ich wie ein Geschoß durch die Luft sauste.

Ich flog, die Pistole mit der rechten Hand umklammernd, mit etwa achtzig Stundenkilometern drei Meter über dem Boden kopfüber durch Nichts. Als ich kapierte, was passieren würde, handelte ich ganz instinktiv.

Nachdem er den Zaun übersprungen hatte, trottete der Appaloosa langsam weiter. Tank hatte sich umgedreht, um nach mir zu sehen, da kam ich über den Zaun gesaust. Er hatte keine Chance. Meine Füße trafen ihn voll in die Brust, und wir krachten beide auf den Boden.

Als ich mich herumrollte, berührte die Pistole den Boden, ein Schuß löste sich und brachte beide Pferde zum Scheuen. Sofort war Tank über mir und versuchte mir die Pistole aus der Hand zu winden, die sein Vater fast gebrochen hatte. Ich konnte seiner Kraft nichts entgegensetzen, und bevor ich mich's versah, zielte Tank auf meinen Kopf.

Ich setzte mich langsam auf, versuchte die Waffe so gut wie möglich zu ignorieren und rieb mein beschädigtes Handgelenk.

„Aber warum, Tank?" Ich hoffte, ihn so lange hinzuhalten, bis Booker auftauchte. Er trat zurück, hielt den Lauf jedoch in meiner Augenhöhe. Dann lachte er. Es war ein kurzes häßliches Bellen, das mich schaudern ließ.

„Warum ich meinen Alten reingelegt habe? Weil ich ihn hasse, deshalb."

„Ich meinte die Frauen, Tank. Warum haben Sie das den Frauen angetan?"

Seine Augen hatten diesen Blick, den ich früher an ihm nicht bemerkt hatte. Wie hatte ich mich so irren können? „Sie haben den Leuten weisgemacht, ich trüge Frauensachen. Ich sei schwul. Das stimmt nicht. Schwule lieben Männer. Ich hasse Frauen." Er schien auf irre Weise stolz auf dieses Gefühl zu sein.

„Warum, Tank? Ich verstehe es nicht."

Ich verstand durchaus, aber ich mußte Zeit schinden. Ich versuchte aufzustehen, aber er fuchtelte mit der Pistole und zielte auf mich.

„Jede der Frauen, die ich besucht habe", sagte er und betonte jede Silbe, „war meine liebe süße Mutter Lila. Die arme Lila, die keinen Finger rührte, ihren Mann, einen großen schweren Kerl, davon abzuhalten, einen sechsjährigen Jungen zu schlagen. Ihren Sohn! Was würden die Nachbarn denken? Wissen Sie was?" Seine Stimme kippte hysterisch. „Wissen Sie was?"

Ich schüttelte gehorsam den Kopf.

„Jede dieser Frauen war wie sie. Sie haben geschwiegen. Aus Angst vor dem Gerede! Alle waren sie wie meine Mutter!" Er begann heftig zu schluchzen, seine Schultern bebten vor Erschütterung. Doch aus seinen glänzenden, verrückten Augen kamen keine Tränen.

„Was Ihnen passiert ist, war falsch, aber was Sie getan haben, war es auch."

„Bitte, Cass. Fangen Sie jetzt nicht mit einer Moralpredigt an. Dafür ist es ein bißchen zu spät, finden Sie nicht?" Er schluckte schwer. „Davon habe ich von meinem Vater soviel bekommen, daß es ein Leben lang reicht." Sein Körper wurde von tränenlosem Schluchzen geschüttelt, und selbst aus meiner Entfernung bemerkte ich den sauren Geruch, vom dem die Frauen berichtet hatten. Mit dem Unterschied, daß er diesmal nicht das Old Spice seines Vaters benutzt hatte, um ihn zu überdecken. Das Spiel war aus.

„Geben Sie mir die Pistole, Tank", sagte ich leise.

„O nein. Diesmal nicht. Diesmal werde ich tun, was ich mir vorgenommen habe."

„Sie brauchen Hilfe."

„Vor zweiundzwanzig Jahren habe ich Hilfe gebraucht. Jetzt kommt sie zu spät."

Zu meiner Überraschung begann er zu lachen, obwohl er zitterte.

„Was ist los?" fragte ich. Und wo blieb Booker?

„Kennen Sie Tommy Greene?" fragte er. Ich nickte und wunderte mich über sein verändertes Verhalten.

„Und seinen neuesten Tick? Zufällige Akte Freundlicher Zuwendung?" Ich nickte wieder und überlegte, worauf er hinauswollte.

„Nun, betrachten Sie das als einen solchen." Tank hob die Pistole und zielte zwischen meine Augen. Er riß den Mund auf, als wäre er plötzlich überrascht von seinem Vorhaben, schob den Lauf zwischen seine Lippen und drückte ab.

23

Das Boot schaukelte sanft auf dem Wasser und machte kaum Wellen. Wir lagen Seite an Seite auf den Bugpolstern und hielten uns an den Händen. Die Sonne brannte vom Himmel, wärmte und bräunte uns. Hin und wieder sprang ein Fisch, ein Reiher tauchte, sonst war die Bucht völlig ruhig.

„Schau!" sagte ich und zeigte auf eine Hirschkuh mit ihrem Kitz, die am Ufer standen und tranken.

„Komm her", sagte ich.

„Du bist immer so bestimmend“, erklärte sie und rutschte herüber.

„Das ist nicht bestimmend. Das ist leidenschaftlich.“

„Oh. Nun, es ist eine Weile her. Wie kann ich das wissen?“

Ich löschte ihre letzte Bemerkung mit meinen Lippen aus und fühlte dabei ihren Widerstand schmelzen. Nach einer Weile rückte sie wieder weg.

„Früher oder später müssen wir darüber sprechen“, sagte sie und streichelte sanft mein Knie.

Mein Magen verkrampfte sich, meine Hände klammerten sich unwillkürlich ineinander. Ich nahm sie bewußt wieder auseinander. „Es gibt nicht viel zu sagen.“

„Nur daß du sie immer noch liebst.“

Ich nickte. Plötzlich war mein Mund trocken.

„Aber du hast mich gewählt. Weißt du, warum?“

Ein Reiher tauchte und spritzte kühles Wasser über unsere Beine.

„Ich liebe dich mehr.“

„Bist du sicher?“ fragte sie. Sie hatte sich auf den Ellbogen gestützt und sah mich gespannt an. Ihre Augen waren wie Smaragde, die mich zwangen, ihrem Blick standzuhalten.

„Ja“, sagte ich. „Weil ich zwar mit Erica ins Bett gehen wollte, dann aber gemerkt habe, daß ich nur mit dir aufwachen möchte.“

Maggie lächelte. Und dieses Lächeln wollte ich noch lange, lange sehen.

Offensive Krimis auf einen Blick

Angelika Aliti, Die Sau ruft
ISBN 3-88104-297-0

Nikki Baker, Goodbye für immer
ISBN 3-88104-279-2
Lady in Blau
ISBN 3-88104-256-3
Chicago Blues
ISBN 3-88104-235-0

Rose Beecham, Fair Play
ISBN 3-88104-284-9
2x darfst du raten
ISBN 3-88104-271-7
Ihr Auftritt, Amanda
ISBN 3-88104-248-2

Kate Calloway, Erster Eindruck
ISBN 3-88104-292-X
Zweite Geige
ISBN 3-88104-299-7
Dritter Grad
ISBN 3-88104-304-7

Janet McClellan, Kansas City-Bomber
ISBN 3-88104-305-5

Lauren Wright Douglas, Lavendelbucht
ISBN 3-88104-291-1
Die Wut der Mädchen
ISBN 3-88104-263-6
Jahrmarkt des Bösen
ISBN 3-88104-250-4
Herz der Tigerin
ISBN 3-88104-236-9

Penny Sumner, Kreuzworträtsel
ISBN 3-88104-262-8
April, April
ISBN 3-88104-244-X

Lisa Haddock, Finaler Schnitt
ISBN 3-88-104-285-7
Falsche Korrektur
ISBN 3-88104-278-4

Verlag Frauenoffensive

Offensive Krimis auf einen Blick

Kitty Fitzgerald, Die Frau gegenüber
ISBN 3-88104-222-9

Penny Mickelbury, Nachtgesänge
ISBN 3-88104-270-9
Schattenliebe
ISBN 3-88104-258-X

Ellen Hart, Höflicher Beifall
ISBN 3-88104-298-9
Kleine Opfer
ISBN 3-88104-272-5
Tödliche Medizin
ISBN 3-88104-257-1
Lampenfieber
ISBN 3-88104-243-1
Winterlügen
ISBN 3-88104-237-7
Dünnes Eis
ISBN 3-88104-229-6

Claire McNab, Geheimer Kreis
ISBN 3-88104-290-3
Marquis läßt grüßen
ISBN 3-88104-277-6
Bodyguard
ISBN 3-88104-264-4
Das Ende vom Lied
ISBN 3-88104-242-3
Ausradiert
ISBN 3-88104-217-2
Tod in Australien
ISBN 3-88104-214-8

Karen Saum, Panama Connection
ISBN 3-88104-230-X
Mord ist relativ
ISBN 3-88104-209-1

Pat Welch, Ein anständiges Begräbnis
ISBN 3-88104-286-5
Stille Wasser
ISBN 3-88104-249-0
Das Blut des Lammes
ISBN 3-88104-218-0

Verlag Frauenoffensive